ニートだけどハロワにいったら異世界につれてかれた
10
桂かすが
Katsura Kasuga

「休憩を取るか？」
リュックスがそう聞いてくる。
リュックス
「いや大丈夫。これも修業だ」
マサル・ヤマノス
（山野マサル）

「あははははは！」
サティが高笑いをしながら
ブルーブルーに猛攻を加えていた。
「サティ、もういい！　戻れ！」
サティ
「でもっ！　ほらっ！　ほらっ！
すごいですよっ！　こんなにっ！」
サティの限界を超えた動きに
ブルーブルーはついていくことができずに、
防御こそ抜かれてはいないが防戦一方である。
ブルーブルー

「お、お待ちを！」
ぞろぞろと外に向かった俺たちを
神官の偉い人が呼び止めた。
名前は忘れたが砦の司祭様だ。
「どこに行かれる
おつもりですか？」
「ちょっとした狩りよ」
そう言ったエリーに司祭様が顔色を変えた。
アンジェラ
エリザベス

CONTENTS

第1話　魔法使い対剣士

俺たちは剣士の里ビエルスに到着した初日に剣聖の試練を突破し、二日目には剣聖バルナバーシュ・ヘイダの協力を棚ぼた的に取り付けた。

そこまではよかったが、前衛組は腕試しで高弟ブルーブルーたった一人に全敗を喫するわ、加護のことは剣聖にバレるわで、果たして状況が順調と言えるのか甚《はなは》だ疑問である。俺は俺で旅の疲れかヒラギスの居留地での魔法の使いすぎか、熱を出したところにオークキングの襲撃に遭遇して怪我までして体調は最悪だし。

その中で魔法使いの最高称号たる大魔法使いを剣聖により与えられたエリザベスさんであったが、ご機嫌だったのはそこまで。

せっかく高ランクの魔法使いがいるのだから修行の手伝いをとの剣聖たっての依頼で、他の弟子たちとの立ち合いを始めたのだが、高弟ですらないアマンダとザック相手に連戦連敗を続け、思い余って新開発したばかりの雷撃魔法《スタンボルト》を使おうとするも、長々とした詠唱を許すほど相手は甘くはなかった。

結果、一度もいいところなくすごすごと戻ってきた。

まあ負けたところで剣士側は寸止めルールだから危険はない。エリーにはいい経験になったことだろう。

「これじゃあ、まともな修練にならんな」

完敗して落ち込んでいるところに剣聖が容赦ない追撃をかけ、エリーが涙目になる。

エアハンマー縛りとはいえ、エリーほどの魔法使いですらこの体たらく。魔法があれば剣などいらないと一時は考えたこともあったのだが、剣に頼らざるを得ない場面が折に触れてある。

それも割と命に関わるレベルで発生しているところを見ると、剣の修行もうかうかと手を抜けそうもない感じである。

まあ、今さらやりたくないという理由など通らないのは確実なのだが。

「次はお前だ！」

この場に二人居残った弟子のうちの一人、ザックが俺に吠《ほ》えかかってきた。

サティたちや他の弟子たちは先ほど長距離の走り込みに出発していった。この二人は体力づくりがもはや必要ないレベルということなのだろうし、エリーと戦った短時間の動きからだけでも、軽い気持ちでは到底戦えそうにもない腕なのが垣間見えた。

「今日はもうやらないよ」

体調的にはもう少しくらいなら戦えなくもないが、ベストコンディションでもやりたくない。

「なんだと!?」

「次は妾《わらわ》が出ようぞ」

リリアでもどうだろうな。精霊の防御もあり魔法の威力は十分だが、高速詠唱がない。

なんでもありならともかく、エアハンマーのみでは厳しいだろう。

「いいえリリア。二人でやるわよ！」

エリーも俺と同じようにリリア一人では力不足と考えたのかと思ったらこれは違うな。目がどんな手を使ってでもギッタンギッタンにしてやると言っている。

エリーが負けず嫌いなのはもう性格だしどうしようもないんだろう。エリーにとって敗北は死、ひいては家の消滅を意味する。今ここで負けたところでどうなるものでもないのはわかっているのだろうが、感情的になってしまうのまではどうしようもないのだろう。

まあ、冒険者なんて暴力的な仕事をやっているのだ。気が強いのも悪いことじゃない。

さすがに二対一はどうかと思ったが、指導者からゴーサインが出た。弟子の意思は完全無視である。

「お前らはエルフの精霊使いとやるのは初めてだろう？　実に厄介な相手だぞ」

そしてふわりと空へと舞い上がったリリアを見て、その言葉を実感したことだろう。

剣が届かない。

お相手の女剣士アマンダが、あれいいの？　と思わず後ろの俺たちへ振り返ったくらいだ。

俺もまさか飛ぶとは思わなかった。俺も一度やったが反則以前である。戦いにすらならない。

まあエリーはそのまま地上にいるんで勝利条件は一緒なのが救いだ。

しかし意を決して挑むもエリーとリリアのエアハンマー連打に、距離を取って逃げ惑うしかないアマンダである。

そこにホーネットさんから檄《げき》が飛ぶ。

「逃げてないでもっと突っ込みなさーい！　無様な真似をしたらあとで特訓よー！」

特訓と聞いてアマンダの動きが変わった。少しずつ間合いを詰めようとしている。

だが無理な踏み込みを見逃すエリーでもない。真正面からのエアハンマーをもろに食らい、派手にぶっ飛んでしまった。

「慣れない相手だからとおたおたしおって」

続けてザックもやられたのを見て剣聖が言う。

「いやあ、無理じゃないですかね？」

エリーだけでも倒すのはそう簡単なことではないのだ。

そこにリリアを加えて二人ともなると……いやそれよりも問題は、修行が始まったら俺もこんなのをやらされるのか？

数日前、旅の途中で試したときに、エアハンマーは痛いってレベルじゃないからやめとこうって話をしたところなんだけど。

「無理なものか。ホーネット、見せてやれ」

「はい、お師匠様」

スタスタとそのままの普段着でエリーたちの前に立った。剣は抜いてあるが、構えもなくゆったりとしていてまるで緊張感のない立ち姿だ。

「見た目に騙《だま》されるなよ。あれでブルーより強い」

マジか。あのとんでもない化け物に勝てるのか。

ホーネットさんは女性にしては背の高いほうだが、体格は普通だし、特に目立った筋肉があるようにも見えない。かなりムキムキなアマンダとは対照的だ。

そして剣聖の言葉どおり、始まるやエリーとリリアのエアハンマーを一発ずつ躱《かわ》してあっという間にエリーに迫り、首筋にピタリと剣を当ててみせた。

エリーが引きつった顔をしている。

もう一回。

もう一回。

何度やってもエアハンマーは回避され、簡単に懐に入られる。

回避が恐ろしくうまい。

「ホーネットは見切りがうまい」

剣筋を見、相手の動きを見切る。そして自分の動きは読ませない。理屈は単純だが、いかにして実行するかというと、それはもう経験によるものだという。

「だからこそこういった実戦に近い修練は重要となる」

ふうむ。だいたいにおいて軍曹殿と同じことを言うな。まずは体力。そして実戦練習。

エリーとリリアのほうもアドバイスを受けている。もっと相方の動きをよく見て連携を重視しろって言われてるな。

「エルフのほうは経験不足だな。動きが熟《こな》れておらん」

俺たちとエルフの里を出るまで実家でニートをしていたリリアの実戦経験はほぼ狩りでのものだ。

それもうちのパーティだと相当に安全なポジションにいるため、近接戦闘の経験は皆無だ。

あとはエルフの里での戦いだが、あれは城壁での防衛戦だった。それが昨日の剣聖との遭遇戦であっさり後れを取ったことにも繋《つな》がったのだろう。

「リリアはこっちに残るんで、いつでも相手をさせましょう」

「そういえばお前らはどこに宿を取っている？　見てのとおり、屋敷には十分余裕がある。引き払ってこっちに来るがいい」

「町に元が剣術道場だった家を買いまして」

買ったというか、迷惑料代わりにもぎ取ったというか。

「ほう。短期間と聞いていたが、腰を据えて修行をするつもりだったか。結構結構」

「それが成り行きでしてね？」

説明すると借金とか夜逃げの話も耳に入っていたようだ。だったらどうにかしてやれよと少し思ったが、立場上、どっちかに肩入れしても余計に混乱を招くのだとか。

「バルナバーシュ様」

引き続き修行を見学しながら話していると、剣聖の付き人のジェロームさんが湯呑《ゆの》みに入った何かを持ってきてくれた。

「体力回復によく効く薬湯だ。飲んでおけ」

そう言って自分もぐいっと飲み下した。漢方か何かだろうか。顔を近づけなくても妙な薬品臭さが漂ってくる。

「なに、ティリカ。味見するか？」

湯呑みを覗《のぞ》き込み、ふんふん匂いを嗅いでいるティリカに湯呑みを回す。

「毒味か？　どこでも飲まれてる薬湯で妙なものは入っておらんぞ」

「ただの味見ですよ」

まさか今までのも毒味のつもりもあったのだろうか。まあそんなこともないか。会ったときから珍しいものを食わすって言えば、知り合ったばかりの俺の家まで来るほどだ。

「美味《おい》しくない」

「薬は苦いものだ。いくつかの薬草に竜の肝を煎じたのを加えたシチミセキリュウトウという。あとで分けてやるから毎日飲んでおけ」

どうやら竜の肝が入ってる以外は、一般で流通しているごく普通の薬湯らしい。

異世界でも日本と同じことを言うんだな。そう考えながらぐいっと一気に飲み干し、慌ててお茶で味を流す。苦いというかエグいというか、喉に残る。うむ、薬だな。

その後は、体調不良で休息が必要な俺は特にすることもないので剣聖を相手の雑談である。

エリーたちの戦闘を観戦しながら最近の、こっちに来てからのことを昼飯時まで根掘り葉掘り喋《しゃべ》らされた。剣聖以外の者もいるので聞かれても大丈夫な当たり障りのないバージョンだ。

その間もずっとザックとアマンダの苦難は続いていた。一体何度エアハンマーを食らったのだろうか。

そして俺もああいうのを今後やるのかと思うと、家に逃げ帰りたくなってきた。

■　■　■　■　■　■　■　■　■　■

「そういえばー、朝のはなんだったのかしらー？」

午後の一時、剣聖が席を外したときを狙ってホーネットさんに絡まれた。朝のとは言わずもがな、剣聖が俺に剣を捧《ささ》げたことだろう。

エリーとリリアは引き続き弟子たちの修行の手伝いをしている。今度は他の攻撃魔法の対処法を試しているところだ。

「本人が言わないなら俺からはなんとも」

剣聖には仕方なく洗いざらい話したが、理由などそうそう言えるものじゃない。

「ふうん。でももしお師匠様を利用して何かしようっていうのならー」

顔も言葉もにこやかだったが、目が笑ってない。

「死んでもらうわよ？」

いつの間にか腰にあったはずの剣が首筋に当てられていた。ひんやりと背筋が寒くなる。

「あれはバルナバーシュ殿が考えたこと。マサルも困っていた。剣を引きなさい」

ティリカの口調が少し早口になっている。死んでもらうってこの人、本気か!?

「そ、それはちゃんと断ったし！」

ティリカと俺でなんとか弁解しようとしていると、ようやっと剣聖が現れた。

「そう脅してやるな、ホーネットよ」

「でもーお師匠様ー」

不満があるようだが、剣はとりあえず引いてくれた。助かった。ティリカがひどく反応したし、たぶん本気だったのだ。こええよ、この人！

「こいつらは大丈夫だ」

「そうですか？　こそこそと何か話してるし、どう見ても怪しい集団じゃないですか？　帝国か神国あたりの回し者ってこともー」

どこかの回し者では断じてないが、怪しいと言われれば返す言葉もない。隠し事が多いから、剣聖と会話した内容とかもエリーたちと情報のすり合わせが必要なのだ。

「こいつらの事情は把握している。なんの心配もない」

「わかりました」

そうあっさり頷《うなず》いた。

「で、何者なんです？」

「ヴォークトとアーマンドが寄越した新しい弟子だ」

「そういうことじゃーありませんー」

「ちと事情が複雑でな」

「そんなの誰だってそうでしょうー」

「少々普通ではないのだ」

「私にも話せないほどの？」

「他人が勝手に話していいことでもないであろう」

「ではー本人たちに聞くとしましょうかー」

再び剣を抜こうとする。

「やめろ、ホーネット」

「なんですか。私だけ仲間外れですかー!?」

ぷーとかわいくふくれてるが、この人ちょっと危ないよ！

「あー、マサル。こいつは役に立つぞ」

ホーネットさんにも事情を話して仲間にしようってことか。

確かにブルーさんより強いってことだしな……

「それにワシが言うことは必ず守る」

今まさに言うことを聞いてないんですが。

「ええ。殺せと言われれば殺すし、死ねと言われれば死にますよー」

さらっと怖いことを言う。

「どうだ？」

「あんまり情報が広がるのも困るんですが」

ティリカは口をつぐんでいる。問題はなさそうだから俺に判断を任すってことか。

「わかっておる。話すのはホーネットで終わりだ。ブルーは隠し事はできんし、そもそも細かいことは気にせん。あとの者は言わんでも問題はなかろう」

まあ剣聖も加護が欲しいから俺に不利益なことはしないはずだ。信じていいだろう。

「では構いません」

「この話は絶対に他言無用だ。いいな、ホーネット？」

「むろんですとも、お師匠様」

「簡単に言うとマサルは勇者候補だ。真偽官公認のな」

勇者候補じゃないんだが、訂正するほど違ってもいないと皆には思われているのが困るところだ。

「まあ！」

「それでワシも仲間に入れてもらおうと思ったんだが断られた、というわけだ」

どうやら加護のあたりはぼかして、最低限の情報だけを話すことにしてくれたようだ。

「もしかして一緒にアレを倒しに行くんですか？」

アレって昔、剣聖が遭遇して戦った魔王（仮）のことか。

「まずは修行だ。今のままではまるで敵《かな》わんだろう」

その言葉にホーネットさんは頷いた。

「もしワシに何かあれば、こいつらを助けてやってくれ」

「お師匠様!?」

「ワシも来年には一〇〇だ。この先何年生きられるかもわからん。ワシがこいつらをきっちり鍛え上げるつもりだが、もし半ばで倒れたときはお前に託そう。そしてそのあとは手助けもしてやるのだ。それがワシがお前にする最後の頼みとなるだろう」

「お師匠様～」

「泣くな、ホーネットよ。今ここにマサルが来たのは、くたばる前に勇者を育て上げよとの神の思《おぼ》し召《め》しであろう。手伝ってくれるな？」

「はい、お師匠様……必ずや」

「それでいい」

なにやら勝手に盛り上がってるが、俺は勇者じゃないし、剣士としてはほどほどでいいんだけど。

「人間族の最高齢は一二〇を超えるそうですよ」

医療体制の整った日本での話だが、こちらにも便利で万能な回復魔法があるし、剣聖は一〇〇にはまったく見えない元気さだ。それくらい生きてもぜんぜんおかしくないように思える。

「ほう。ではあと二〇年はがんばらねばな」

二〇年といえば伊藤神《いとうしん》から告げられた破滅の刻限だ。さすがにその頃にはまともに戦うのは無理だろうが、それまでがんばって有能な弟子をたくさん育ててくれればすごく助かることだろう。

そして日が落ちてしばらくした頃、ようやくライトの魔法の明かりを先頭に、サティたちが走り込みから帰ってきた。午前中に出発してやっとか……

なぜかブルーさんもいて、ヤギらしき動物を肩に担いでいる。

「狩りに出てたところで途中で会ったから一緒に帰ってきたんです」

そう言うサティも獲物を一体担いでいる。こっちは子ヤギ？

シラーちゃんはたどり着いたところで膝をつき、ウィルはぱたんと倒れた。まあこいつらフル装備だしな。

サティも疲れた様子はあるが、足取りはしっかりしてる。

「お腹が空きました」

一応、保存食は持っていったそうだが、到底足りる量じゃなかったようだ。

「サティはよく食欲が出るな……」

フランチェスカもふらふらしてるし、コリンも獲物を担がされていたようでぐったりしている。担いでいたのはサティと同じく子ヤギでまだ生きているようだ。

ブルーさんが俺の前に親ヤギをそっと下ろした。

「プリンの材料ダ。エリーが教えてクレタ。コレから乳をシボル」

そこからか!?　エリーはなんて教えたんだ。普通に町の市場で買ってくれば……

いやだめか？　ブルーさんが商店で買い物する姿なんて想像できないし、行ったら大騒ぎになりそうだ。

「卵」

そう言って背嚢《はいのう》からサッカーボールくらいあるでかい卵を二つ。

「作れるカ？」

お乳は出るのかな？　作り方を教えるだけならコップに一杯分もあれば十分だけど。

目を覚ました親ヤギは逃げようと暴れたが、ブルーさんにしっかりと首を捕まえられ、用意された器にあえなく乳を徴収された。丸ごとかじるか捻《ひね》り潰《つぶ》すほうが似合う雰囲気ではあるが、料理をするだけあって手先は器用なようだ。

とりあえず用の済んだ親ヤギと子ヤギたちは、ロープを出してそこらの木に繋いでおく。

「かわいい」

「どうしたのこのヤギ？」

夕食の準備ができたと報《しら》せに出てきたエリーたちが、繋がれたヤギ親子を見つけた。

「ミルクを取るのに捕まえてきたらしい」

「ああ。じゃあこの子たちを入れる小屋が必要ね。ロープに結びっぱなしも可哀想だし、とりあえず囲いだけ作っておきましょうか」

ヤギはエリーに任せてよさそうだ。

「俺たちは台所に行きましょうか」

夕食の火がまだ残っているし、ちゃっちゃと作ってしまおう。

「あのヤギ飼うんですか？」

「アレは明日食ウ」

ですよねー。

「雄も捕まえて繁殖させればいつでも乳が取れますよ」

さすがに、即、肉にして食べるのはちょっと罪悪感がある。

「ソウカ」

これであのヤギ親子は助かるのだろうか。

新たな犠牲になる雄のことはあまり考えないようにしよう。

この世界は弱肉強食。弱き者は食われる運命なのだ……

第2話　束の間の休息

翌日エリーとティリカはブルムダール砦《とりで》へと出立していった――

という体《てい》で、実際にはまだビエルスの道場屋敷に残っている。ゲートで一瞬だし、実際の移動は明日だ。

サティたち前衛組は夜明け前から修行に出たそうで、俺が起きたときにはすでにいなかった。

俺はのんびり朝ごはんを食べながら、少しだけ顔を出してくれたアンとティトスさんの近況報告を聞いていた。ヒラギスの居留地では養育院の運営と神殿の手伝いでかなり忙しいらしい。アンはちょっと疲れた顔をしていた。

ティトスさん主導の獣人やゴケライ団の修行も順調なようだ。とはいえまだ始めたばかりで、子どもたちの修行も俺たち同様、なんらかの結果が出るまで数ヵ月必要だろう。

「そっちも大変だったみたいね」

「かなりきつかった」

もう何から何まできつかった。初日のエアリアル流とのトラブルから始まって、サティの一〇〇人抜きに剣聖の試練。剣聖の襲撃にブルーブルーとの戦い。そして修行。俺、旅疲れで熱を出したところにオークキングの襲撃に出くわして怪我までしてまともな体調じゃなかったのに……

「なんにせよ今の状態じゃ修行なんて到底無理ね。あと三日は休むこと。いいわね？」

　俺の話を聞き終えたアンはそう言い残して、ティトスと共に慌ただしくゲートで送られていった。

　アンにそう言われては仕方がない。剣聖には休むと言ってあるし最低でも三日間はゆっくり休んでいることとしよう。

　ちなみに、よく三日ほど休みを取れと言われるが、それにはちゃんと理由があるようだ。

　でかい怪我や病気に対し回復魔法を使うと、とりあえず治るが完全回復するわけではない。そこを勘違いして無茶をする人がいると。

　つまりはしっかり休めということだな。無理はよくない。


「やっぱりわたしも残る？」

　その後、ゲートで消えたエリーたちを見ていた俺にティリカが言った。

「んー、でもエリーを一人にするのもなあ」

　俺は昼間は村の屋敷で篭《こ》もっている予定だ。あっちのほうがエルフの兵士がいるから安全だし、ここは来客も多い。修行の見学という案もあったが、あそこにいると休める気がしないし、休養が終わればどうせたっぷりと自分でやることになる。

　それで昼間は村で邪魔されることなく休み、夜はこっちに戻ってサティたちと夕食を食べ、また朝に村に移動する。

「どうせ休むのならエルフの里にしてはどうじゃ？」

　リリアがそう提案してくる。

「安全じゃし医師もおる。王宮で使用人に傅《かしず》かれて上げ膳据え膳じゃぞ」

ほう。いいかもしれんな。医者はいらないけど村の屋敷だと数少ないメイドさんたちも屋敷の維持に手を取られて、俺の世話までする余裕ないだろうし。

屋敷が大きいわりに人が少なすぎないだろうか。でも基本自分のことは自分でやってたからこれまで人は十分足りてたし、増やすにもお金がかかるし、うちの特殊事情から人も選ぶ。

「おかえりエリー。いまリリアと話してたんだけど――」

戻ってきたエリーと相談していると、探知に誰かかかった。道場に誰か入り込んできている。こそこそとした動きも怪しい。間違いなく賊《ぞく》だな。

「待て。侵入者だ」

「これ剣聖殿じゃない？」

エリーが言うならそうなのだろう。空間魔法は範囲が狭いぶん精密に探知ができる。だが一応警戒しつつ誰何《すいか》はしておくか。

「誰だ！」

俺の声で剣聖が食堂の窓を開け、その顔を覗《のぞ》かせた。

「やはりお前らは誤魔化せんか」

「なんでこっそり入ってくるんですか。普通に正面から訪ねてくればいいでしょうに」

「ワシが町をうろつくと騒ぎになるからの」

それで隠密を活用して、普段も町を出歩いているらしい。まあ考えてみれば、俺としては正面から訪ねられるより助かる。

「それで今日はどうしたんです？　俺は休むと言ってあったはずですけど」

「おお。だから暇だろうと相手をしに来たのだ」

俺より弟子の修行を見てやれよ……

「それと、昨日やった薬湯は飲んだか？」

まだでした。

「俺はこれからリリアの実家ですが」

話しながら薬を飲む準備をする。小さな壺《つぼ》に入った粉薬をコップに一匙《さじ》。お湯を注いでしっかりと混ぜる。相変わらずエグい臭《にお》いだ。

「ほう。エルフの里だったか？　一度も行ったことがないな」

当然のようについてくるつもりらしい。

「これ以上ない護衛がいるじゃない。バルナバーシュ殿、マサルをお願いしますね」

自分の身くらい自分で守れると言いたいところだが、安全なはずの村でも結構な怪我もしてるしな。どこでも何が起こるかわからんし、これから師匠になる剣聖相手にあまり強くも出られない。

「むろん我が主《あるじ》のことだ。任せておくといい」

その設定を諦める気はやっぱないのね。もういいけど。

「エリーたちはどうする？」

薬湯をぐいっとあおって聞く。

「マサルを里に送ってから王都へ行って、あとは村の様子を見てくるわ。それとマサルが頼んでいた獣人用の武器とか食料がそろそろ集まってきてるだろうし、その確認と、あとはお兄様とも話すことがあるし、今日は結構忙しいわね」

今日はみんなばらばらだな。本当ならパーティを分断はしたくないんだが、効率を考えると手分けして動くのは仕方がないのだろうか。

村の運営は日常業務ならオルバさんに任せておけばいいのだが、新しい住民も増えていて開発も開墾もまだまだ途上で安定しているとは言いがたい。

それに味噌《みそ》と醤油《しょうゆ》づくりという新しい事業も始まった。旅の途中でスカウトしたウィスキーを作れる職人ももうしばらくすると到着するはずだし、迎え入れる準備も必要だ。

それだけでも村にかかりきりになってもいいくらいなのに、ヒラギス居留地のことや俺自身の修行もあるし、数ヵ月後にはヒラギス奪還作戦だ。エリー自身にも実家の手伝いがある。

ちょっと手を広げすぎだな。俺の望みであるのんびりとした平和な暮らしからだんだんかけ離れているし、ほとんどの仕事を人にぶん投げても先日は過労で倒れてしまった。

もっと人を増やすか、ペースを落とすことを考えないとな……

エリーとの予定のすり合わせが終わってさあ出発するかというところで、また来客だ。基本居留守で相手をしないのだが、声からするとどうやらお隣さんだ。

お隣の姉妹は将来の加護候補になるかもしれないのでお相手せねばなるまい。

「おはよう。朝からどうした？」

皆で勝手口まで姉妹を出迎えた。

「あ、いたいた！　じいちゃんがお礼を言いたいって」

姉妹の後ろに帯剣した老人がいる。留守にしていた姉妹の祖父でお隣の道場主か。

「ルスラン・エルモンスです。私が不在の間にこの子らが世話になったばかりか、借金の肩代わりまでしていただいて」

そう言って深々と頭を下げた。

「どうせ賭けで儲《もう》けたあぶく銭《ぜに》じゃ。気にせずともよい」

リリアが鷹揚《おうよう》に言う。

「お陰様で道場生も何人か戻ってきました。お借りしたお金は必ずやお返しします」

そう言ってもう一度頭を下げた。

「ルスランよ。此度《こたび》は災難であったな」

「お、おお。バルナバーシュ様!?　そうですね。ですがもし道場をなくしたところで我らには身についた剣術がありますゆえ、暮らしていくには困りませんでしたし、こうやって思わぬところから助けもあります」

「しかし金の貸し借りは致し方ないにしても、他の道場を潰《つぶ》しにかかるとは感心せんな。もしまた似たようなことをしでかすようなら、ワシが苦言を呈していたと伝えるがいい」

「はい、バルナバーシュ様」

「なんだ師匠、やればできるじゃん」

剣聖がたった一言言えば済む簡単な話だ。

「馬鹿者。安易な口出しでカーベンディのところを潰すことになっては本末転倒であろう」

剣聖の言葉にお隣さんも頷《うなず》いている。影響力がでかすぎるのか。お隣さんとしても剣聖に告げ口をしてエアリアル流が潰れたとなれば、それはそれでご近所で立つ瀬がないということのようだ。

俺も少々迷惑どころか派手に喧嘩《けんか》を吹っ掛けられたんだが、当事者のお隣さんが納得しているならもうちょっかいは出さないほうがいいんだろうか？　ご近所付き合いってめんどいなー。

「あ、あの！　け、剣聖様、わ、わたし……」

それまで黙って話を聞いていたタチアナちゃんがテンパった声をあげた。妹ちゃんはいつものようにその後ろだ。

「タチアナにカチューシャじゃな。弟子のマサルに話は聞いておる。二人とも剣士を目指しているのだったな。上で会えるのを楽しみにしておるぞ」

剣聖は優しくそう言って二人の頭をぽんぽんと叩《たた》いてやっている。

「はい！　がんばります！」

上かあ。上はほんとに大変なんだぞ。いきなり襲いかかられたり、化け物《ブルー》と戦わされたり……

「マサル兄ちゃん、ほんとに剣聖様の弟子になったんだね」

「いや、上に行ったの目の前で見てただろ？」

「でも一日で戻ってくる人も多いんだよ。わたし、マサル兄ちゃんはすぐ戻ってきそうって思ってた。だって魔法ばっかかで戦ってたし」

なるほど。

「マサルは期待の弟子だぞ？　なにせブルーをもう少しで倒すところまで追い込んだのじゃからな」

まあそれもほとんど魔法だったけどな。

「ブルーブルーを!?　すごい！　どうやったの!?」

「あー、それはまた今度な」

剣聖の弟子になったのは派手に闘技場で戦って知れ渡ってるし、今さら口止めもないだろうなあ。

まあなるようにしかならないか。

「絶対だよ！」

お隣さん一家は改めて礼を言いつつ戻っていった。

「じゃあエルフの里に行くか」

疲労はまだ全然抜けてないし、今日はもう何も考えずに休もう。


エリーのゲートでエルフの里へと移動し、三日も世話になる予定なので久しぶりにエルフ王にご挨拶をすることとなった。

エリーはゲート地点で待機していた騎士エルフさんと二言三言言葉を交わすと、ティリカを伴ってすぐに転移していった。エリーはこまめに顔を出しているので改めての挨拶はいいらしい。今日は仕事が優先のようだ。

「王様はお仕事？　会議中？　邪魔したら悪いし、俺の挨拶なんかはあとでいいですよ」

「いえいえ！　マサル様が顔を出せば皆様喜びます！」

王以外の他のエルフも、たまには俺の顔を見たいということなのだろう。だけど今日は余計なのもいるし……

「それでこちらの方は……？」

案内してくれる騎士エルフさんがそう尋ねてくる。

「剣の師匠になっていただいたバルナバーシュ・ヘイダ殿です」

「け、剣聖!?」

「そう呼ばれることが多いな」

鷹揚に剣聖が答えると、騎士エルフさんが俺のほうを見やる。帯剣してるし、王の前に連れていっても大丈夫なのかと聞きたいのだろう。俺は武器を持ったままでもフリーパスだが、通常は武器を預けてからでないと王の前に通すなど論外である。

「剣聖殿はマサルの護衛も兼ねておる。事情もすべて知っておるし大丈夫じゃ」

リリアがそう答える。まあ、そもそも信用ならないと思ったところで誰にも止められはしない。

「おお、剣聖ほどの人物を護衛にとは……さすがはマサル様ですな！」

そう言った騎士エルフさんは心底感嘆した様子だ。エルフであろうと剣聖の威光は有効らしい。

「でもここだと護衛も必要ないし、師匠もゆっくりしていくといいですよ」

護衛と言われて張り付かれても俺のほうの気が休まらない。

そのまま通された大部屋にはエルフ王と里のお偉いさんたちが集まっていた。リリアの親族勢や王族のティトス、パトスの父親などもいて、ほとんどが見知った顔だ。

「よくぞ参った。今日はマサルのことを話していたのだ」

エルフ王が開口一番に言う。

「ヒラギス居留地で獣人を……」

そこでようやく剣聖に気がついて言葉を切った。極秘扱いの情報もあるので、知らない人間を見て話すのを中断したのだろう。

「そちらの者は？」

エルフ王の誰何にリリアが答える。

「剣聖バルナバーシュ・ヘイダ殿です、父上。ビエルスで剣の修行をする予定だったのはご存知のことだと思いますが、首尾よくマサルの剣の師匠となりまして。今日ここに来ると言ったらエルフの里を見てみたいと。マサルのことは全部話してありますのでそこは大丈夫です」

公式の場での時と場所と場合をわきまえた丁寧なリリアの紹介に剣聖が頭を下げ、場がざわめく。

「今日はマサルの護衛としてついてきておる。ワシのことは気にせずとも結構」

それだけ言うと剣聖は気配を薄めた。

「剣聖はおまけです、父上。旅の疲れを癒《いや》そうと、数日休むことになったのですが、たまにはここで世話になるのもよかろうと戻ってきました」

「おお。我が家と思い、幾日でもゆっくりしていかれるがよかろう、マサル殿」

エルフの王の言葉にお世話になりますと頭を下げる。

「それで話の続きであるが、獣人を集めて配下の部隊を作ったそうではないか。ここは一つ、我らもマサルを支援する部隊を作るべきではないかという話が出てな」

お偉いさん方で集まってそんなことを会議してたのかよ。

「あれは成り行きで作ったというか、配下ってほどでもなくてですね？　どのみち子供たちばかりで当面は使い物にはなりませんし」

「なればなおさら役に立つ者が必要であろう？」

当然ヒラギスのことが念頭にあるのだろう。

「それにしばらくは剣の修行です。作っても無駄になると思うんですが」

「だからこそ今のうちに緊急時にいつでも即応できるよう、編成と訓練をしておけばよかろう。無駄になることが気になるのであれば、普段は別の仕事を与えて必要なときだけ動かせばよい」

軍の予備役みたいなものか。ゲートがあるからこそできる芸当だな。それに実際問題、緊急時に使える戦力があるのは助かるが……

「まるっきり無駄になるかもしれませんよ？」

「構わぬ。備えておくことが重要なのだ」

「良い案ではないか」

俺が考え込んでいると、そうリリアが口を出した。

獣人のことで前例を作ってしまっただけではない。剣聖もヒラギス奪還戦では手下とともに出陣してくるのは確定してるし、そのときエルフだけ除《の》け者《もの》というわけにもいくまい。

「ではよろしくお願いします」

エルフには常々世話になっているし、断る理由もない。みんなとの相談も必要ないだろう。エリーあたりは喜びそうだ。

「さっそく選りすぐりの精鋭を集めねばな」

「部隊の規模はあらゆる事態を想定して――」

「移動はゲートメインです。一度に転移できる人数に制限があるのをお忘れなく」

話し合いを放置すれば、エルフの里の防衛もあるのに、限界以上に戦力を出してきそうだ。

少人数が望ましいとだけ伝え、挨拶も済んだので昼食の約束をして退室させてもらうことにした。

「とりあえず昼までゆっくりしてよう。師匠はどうします？　俺はリリアの部屋で大人しくしてますけど」

城の中ではさすがに護衛も必要ないし、ついてこられてはいちゃつくのに非常に邪魔である。

「久しぶりの夫婦水入らずじゃ。バルナバーシュ殿は遠慮するがよい」

リリアがどストレートに言った。

「では剣聖殿。里をご案内致しましょう」

「おおそうじゃな。頼むとしようか」

特に気を悪くした様子もなく、剣聖は俺たちに軽く手を振り騎士エルフさんに連れられていった。

「これで昼まで邪魔は入らん。さて何をする？」

人目もはばからずぎゅっと体を押し付けてきて、何をするもないだろう。

それに確かにリリアと二人っきりはずいぶんと久しぶりだ。そもそも王都からこっち、全然余裕なかったのもあるんだけど。

「多少の運動は血行が良くなって疲労回復にいいらしい」

軽くなら問題ないだろうし、ストレスが発散できて精神的にもいいはずだ。

「ほう。多少の運動とな。それはぜひとも試してみんとな」

そのままリリアの部屋まで移動して、立派なソファーの上に押し倒された。

さてナニからやろうか？　時間はたっぷりあるし、リリアはすっかりその気だ。もちろん俺に否《いな》もない。


エルフの里での三日間はリリアが約束してくれたとおり、上げ膳据え膳なうえ、エリーとティリカも加わって実に酒池肉林で、欠かさず飲んでいた薬湯も良かったのか、俺の体力をすっかり回復させてくれた。

だが修行をしているサティたちは日に日に消耗してボロボロになって帰ってくる。

「もう大丈夫そうね」

三日目の夜、ビエルスに戻った俺の回復具合を見て、アンが太鼓判を押してくれた。体調は久方ぶりにすこぶる良い。

「では明日からやっと修行開始じゃな」

相変わらず俺の側《そば》を護衛と称してうろついている剣聖が嬉《うれ》しそうに言う。

「がんばりましょう、兄貴……がんばらないと……」

ウィルが悲壮な声で言った。

おい、やめろよ。不安になるじゃないか！

第3話　オーガでの修行

修行はわかっていたとおり、走り込みからだった。

いやこれ、走り込みっていうか完全に登山だよね？　重い荷物を持ち、えっちらおっちらと山道を登る。序盤でもはや走る体力は尽きていた。

荷物が重い。装備が重い。剣が重い。足取りが重い。呼吸がきつい。

「大丈夫ですか？」

横を歩くサティが心配そうに聞いてくる。他の面子はすでに相当先へと進んでいる。

「大丈夫。それより悪いな、付き合わせて」

俺の言葉にサティが首を振る。体力は休養でほぼ回復しているのにこの体たらく。元々体力がないのもあるのだろうが、原因は肉体強化をはじめ、ステータス強化関連のスキルを全部リセットしてしまったことだ。

レベル5で三・五倍。それがなくなってステータスがいつもの三分の一になった計算である。

だがむしろ加護のない今が通常の状態なわけで、しかもステータス強化がなくなったところで元のステータスは常人より相当に高い。問題はないだろうと思っていたのだが……

もうどれくらい歩いただろうか？　メニューで時間を見ると出発してまだ三〇分も経ってない。

サティたちも初日戻ってきたのは日暮れ後だった。あと何時間こうして歩いてなきゃならんのだ？

サティによると最初に見えている大杉まではまだ道が良くて楽なんだそうだ。

これ、日暮れまでに完走とか絶対無理じゃね？


「マサル、スキルをリセットしろ」

俺の修行初日は剣聖がそう言い出したことから始まった。

「本当は剣術もまとめてリセットして一から仕込みたいところだが、時間がないしお前は嫌がるだろう。だから強化関連だけでいい」

剣聖と色々話し合った結果、俺は力を使いこなせてないのではという結論になり、ならばリセットして最初から鍛え直せばいいだろうということになった。

エルフの里での休暇は、俺もずっといちゃいちゃしてたわけでもなくて、ちゃんと休養を取っていたし、剣聖とも色々と話し込んだ。

話題は主に俺のことと、加護に関してである。

それに剣聖も姿が見えないときは別にずっと観光していたわけではなかったようで、一応エルフの里での俺の安全も自らの目で見て回っていたらしい。

また、エルフから俺のこと、特にエルフの里防衛戦での話をたっぷりと仕入れてきて、お返しにビエルスでのことをエルフに話して好評だったようだ。

特に剣聖とうちのパーティのガチバトルの模様は何度もしたようだ。会食で何度か俺も聞かれたし、俺視点での話もさせられた。

剣聖はエルフの手練《てだれ》とも手合わせをして、三日が過ぎる頃にはエルフの多大な尊敬を勝ち取っていた。

「そもそもマサルは体が貧弱すぎるのだ。まずは加護に頼らない力を身につけるところから始めねばならぬ」

ニート時代から見れば相当に締まった体つきになってはいるが、鍛え上げた冒険者や剣士に比べるとまだまだ貧弱なのは確かだ。

「走れ。剣を振るうにも足腰を鍛えるのがまずは基本となる」

それは覚悟していたが、加護をリセットさせられるのは想定外だった。そしてそれ以上に加護をなくしたことでこれほど力がなくなるとは思いもしなかった。

知らず知らずに加護に頼っていたのだろうか？　頼りすぎていたのだろうか？

時間を確認するが、さっき確認してからまだ一〇分も経ってない。だいたい荷物が重すぎるんだ。ただでさえ装備が重いのに、背負う荷物も加護があるときに測った力の強さから想定した重量だ。減らしたほうがいいんじゃないかと言ってはみたが、すぐに却下された。

「慣れろ」の一言である。

慣れる前に潰《つぶ》れちゃうんじゃないだろうか。ちらちら目に入る最初に見える大杉は、まだ全然近づいているようには見えない。時間は――

走り込みの次は剣の稽古である。

下半身と上半身を交互に鍛える方針のようだ。慣れてくると走り込みからは昼までには戻ってこられるそうで、午後からは走り込みでふらふらになった状態でひたすら剣を振るう。今のところ俺たちは走り込みで一日を費やすので剣は翌日だ。

限界まで疲労した状態で無理やり体を酷使することで自分の限界を体感するのだそうだ。

しかも夜中近くまで登山をして戻って、翌日も朝一からだ。回復魔法がなければ初日に膝あたりをぶっ壊して死んでいた。

「お前弱いぞ！　ほんとにリュックスさんに勝ったのか？　これならオーガのやつらのほうがまだ手応えがある」

最初に立ち合ったコリンが馬鹿にしたように言う。

登山の疲労できついのを差っ引いても体が動かない。いつもの大剣は重すぎるので、初期に使っていたような軽めの片手剣にしたのだが、それでも思うように振るえない。加護をなくしたことによる弱体化は想像以上だった。

「そうだな。マサル、しばらく下でやり直してこい」

致し方ないにせよ修行開始二日目でのオーガ落ちである。

タチアナに、やっぱり！　とか言われそうだ。

「攻撃魔法は禁止だ。勝てとは言わん。最低限リュックスとまともに戦えるようになるまでは戻ってくるな」

リュックスか。果たしてこの状態で戦えるようになるのだろうか？　所詮《しょせん》俺は凡人。加護がなければ剣聖の弟子になる資格など欠片《かけら》もなかったのかもしれない。

ああでも、走り込みをしないで済むのはいいな。あれはもう二度とやりたくない。

「走り込みは続けるぞ。走る日はちゃんと戻ってこい」

俺の考えを見透かしたように剣聖が言った。ちくしょう。


とぼとぼと山道を一人で歩き、オーガの闘技場の門を開けると剣士たちが皆手を止めて、何事かとこっちを見ていた。リュックスはいないか。

「マサル、まさか戻されてきたのか？」

声をかけてきたのは不動剣の使い手、オーガクラス七位のブリジット・ミュールベルちゃんだ。

「そんなとこだ」

「上から戻ってくるのは珍しくない。私もそうだった。まあ元気出せ」

とりあえず手始めにブリジットにお相手をしてもらったのだが、これがまったく敵《かな》わない。力負けする。剣を振る速度も追いつかない。なまじ相手の動きがしっかり見えているだけに、今の俺の弱さがよくよく理解できる。

「……これで本気か？」

何度か立ち合って全勝したブリジットが首を傾《かし》げてそう聞いてくる。さすがに弱すぎると思ったのだろう。

「疲労で体が動かない」

そう言って誤魔化しておく。だがどうしよう？もっと弱そうな相手に手合わせを申し込んでみるか？

そんなことを考えているとリュックスがやってきた。

「おお、マサルじゃないか。どうした？　もう落ちてきたのか」

「ええ。師匠にリュックスさんと攻撃魔法なしでまともに戦えるまで戻ってくるなと」

これまで呼び捨てでタメ口だったが、もはやリュックスにそんな口は叩《たた》けない。

リュックスさん、と敬語である。

「ほう。では少しばかり稽古をつけてやろう」

もちろん散々だった。話にもならない。

「走り込みの疲れか？」

「それもあるんですが……ここだけの話、師匠に力を制限されてかなり弱くなってます」

ここは弱くなったのをリュックスだけには正直に話したほうがいいだろう。見栄を張ったところでオーガの上位には到底敵《かな》わない。下位なら勝てるだろうか？　もしかするとゴブリンクラスからスタートするのがいいんじゃないかとすら思う。

「制限？　確かに相当に弱くなっているが……何か変な薬でも飲まされたか？」

あの薬湯はまだ飲んでいる。あいまいに頷《うなず》いておく。

「ふうむ。じゃあ一番下から試してみるか」

リュックスに連れられ、闘技場の反対側へと移動する。どうやら上に近いほうが上位。下の町に近いほうが下位と住み分けて練習もしているようだ。

今は四、五〇人ほどが練習に励んでいるだろうか。

「せっかくだ。イベントにしよう」

ニヤリと笑ってリュックスが言った。

「聞け！　一〇〇人抜きのマサルがオーガに戻ってきてくれた！」

俺が止める間もなくパンパンと手を叩いて注目を集め、リュックスが話しだした。戻ってきてくれたのくだりでちらほらと見える観客から笑いが起こる。客はここでの事情に通じているのだろう。

ああもう、好きにしてくれ……

「上での厳しい修行で疲労困憊《ひろうこんぱい》。攻撃魔法は禁止で一〇〇人抜きに再挑戦してくれることになった！　果たして今のマサルで何人抜けるのか！　さあ張った張った！」

最初の相手はオーガに上がりたての新入り。つまりオーガでも最下位だ。

いや、オーガまで上がってきたのだ。相当な強さのはず。今の俺ではこのレベルですら油断はできない。

ここで負けてしまったら、さらに下に落とされるのだろうか？　さすがにそれは恥ずかしすぎる。

初戦だけはなんとしても勝たねば。

もっと、今の体が動かない状態を想定して戦わなければならない。力と速さに頼らず、技で勝つのだ。

そんなことができるか？　だがやるしかない。くそっ。せめて少しくらい練習がしたい。今の状態に体を慣らす時間が欲しい。

だがこうなっては実戦で慣らすしかない。慎重に、手探りで戦おう。

「よろしくお願いします」

「え、あ。お願いします」

あまりそういう習慣がないのだろうか。相手の新人剣士は俺の礼に戸惑ったように返事をした。

開始の合図がかかった。相手は警戒している。それはそうだろう。落ちてきたとはいえ、元ドラゴンクラスだ。普通なら敵う相手ではないと考える。

それが俺には都合がいい。じっくりいこう。小手調べとばかりにちょっかいを出し、相手の攻撃を慎重に捌《さば》く。

よし。力が衰えたとはいえ動きはしっかりと見えている。サティや上位の連中に比べると動きが悪い。防御だけなら問題はない。

がっちりと防御を固め、探るように少しずつ攻撃の手を強めていく。

いける。今の俺でもこの程度の相手なら問題はない。考えてみれば加護もレベルも俺より相当少ないウィルやシラーちゃんも、オーガ上位の実力はあったのだ。

今回リセットしたのはステータス強化のみ。剣術や回避系スキルなどはそのまま残している。

ほどなく俺の攻勢に耐えきれず一撃が入り、勝負はついた。

だがちょっとヤバイ。上で少し戦ってきたにせよ、一戦目にしてすでに足の疲労がきつい。剣は軽くなったが装備は相変わらず重いし、長期戦は厳しいが……やるしかない。

二人目、三人目と順調に倒していく。足はまだもちそうだが、今度は腕まで重くなってきた。

五人。そして一〇人。今日はここにいる人数も少ないし、すでにオーガ中位クラスに差し掛かっているだろうか。どいつもこいつも手強《てごわ》い。

「もう相当に疲れているようだな。それに攻撃魔法もない。先日のリベンジをさせてもらうぞ！」

一一人目はどうやら俺の魔法でぶっ飛ばされたやつらしい。ここまでの相手はどこか警戒して慎重にかかってきていたが、こいつは違った。俺の弱った状態を見抜き、最初から勝つつもりで積極的にかかってくる。

腕が重い。足が重い。こいつは手数が多い。防御で手一杯になる。

だが攻撃に粗さがある。隙《すき》が――――ミスった。わずかに反撃を食らう。鎧《よろい》で大きなダメージはないが、初めてまともな攻撃を受けた。

防御主体で戦っているのを見透かされているんだ。俺も積極的に動かないと。リスクを恐れてはいけない。

もっと踏み込む。それが俺のスタイルだったはずだ。ダメージを恐れるな。死ななければ回復はできる。

俺の突然の攻勢、戦闘スタイルの変化に対応できなかったのか、そいつは俺の一撃で倒れた。

体は重いが、それにも慣れてきた。まだ戦える。目の良さはそのままだし剣術に関してはまだまだ俺のほうが上手だ。

一二、一三……腕や足が疲労で震えてきた。剣が重い。
「休憩を取るか？」

リュックスがそう聞いてくる。

「いや大丈夫。これも修行だ」

水分だけ補給する。剣聖の指令は自分の限界を知ること。その限界を超えたところに奥義があるという。俺はまだ限界ですらない。
一五、二〇。もう足はろくに動かない。腕にも力が入らない。相手の打ち込みに押される。打ち負ける。
だが相手の動きは見えている。集中しろ。隙を見つけるんだ。

二五人目。動きの落ちたところを突かれた。まともに攻撃を食らう。真剣であれば致命傷となりかねない一撃。

「ヒール」

だが甘い。勝ったと油断した相手にそのままカウンターをぶち込み、強引に倒した。

痛みと疲労で頭がくらくらしてきた。これでやっと半分くらいか。

「まだいけるか？」

「ああ」

「タフだな」

「王国では不死者《アンデッド》という二つ名を貰《もら》っている。この程度」

呼吸が落ち着いてきた。

「次だ」
二六、二七、二八、二九。一人一人が恐ろしく手強い。歯を食いしばり限界の力を絞り出し、薄氷を踏む思いでの勝利を重ねる。
そして三〇人目。攻撃を食らい膝をつく。それでも剣を掲げて構えを解かない俺に、相手は油断なく追撃をかけてきた。回復する隙は与えてもらえない。

ダメージで体が思うように動かない。必死に防御を試すが防ぎきれない。

そのまま立ち上がることもなく二発、三発と容赦ない攻撃を食らい、ついに地面に転がり、そこに剣を突きつけられた。

「……参った」

三〇人か。一〇〇人抜きには程遠いが、よくやれたほうだろうか。

勝利者への歓声と拍手をBGMに回復魔法を唱え、よろよろと立ち上がる。

俺への拍手もあるようなので、軽く手を振って闘技場の隅へと移動し座り込む。

負けた相手はオーガで中位より少し上くらいだろうか。思ったより勝てたというか、この程度で負けたというか。これが今の俺の実力ということなのだろう。

「お疲れさん。なかなかの熱戦だったぞ。客もいいものが見られただろう。これは賞金だ」

そう言ってリュックスから硬貨を何枚か渡された。

少なくともそう不甲斐《ふがい》ない戦いぶりではなかったようだ。

「もうすぐ昼だ。食事の用意があるから食っていくといい」

いちいち町まで戻らなくていいように、選手や観客向けに食事を提供する場所があるらしい。

そのあとはどうするか……考えるまでもないな。修練だ。

リュックスには勝てなくてもいいが、オーガの残り全員を倒さないと再び上に上がれない。

二位は不在でそうするとラスボスは三位のサンザか。あれに剣のみで勝とうとか無謀にもほどがあるな。

何をこんなに必死になってんだろうと思わなくもないが、上で修行をしているサティたちに置いていかれたくはないし、魔境にはかつて剣聖ですら勝てなかった相手がいたのだ。

もっと。もっと強くならないと。

「魔法がなければその程度か！　ざまあねえな！」

座り込んで休憩していたら話しかけてくるやつがいた。一〇位のセルガルか。

「今日はちょっと調子が悪かっただけだ」

調子が良ければ、体力が万全なら強化なしでこいつに勝てるだろうか？

サティとシラーちゃんはこいつに勝ってる。サティはともかく、シラーちゃんと今の俺なら能力的にそう差はないはずだ。

「はっ。剣だけで戦ったら三九位だ。こりゃだめだって剣聖様に見限られたんだろ？」

勝ち抜き戦の結果で俺のランキングは三九位となったようだ。ウィルやシラーちゃんでも一〇位以内の相手に勝っていたことを考えると、ずいぶんと不甲斐《ふがい》ない結果ではある。

それで剣聖が俺を見限るとかはあり得ないが、しかしどうするか。どうやれば強くなれるんだろう？

「なあ」

「あ？」

「お前は剣を始めてどれくらいになる？」

「なんでそんなことを聞く？」

「俺は本職が魔法使いでな。剣を始めたのはずいぶん遅かったんだ」

まあ魔法も剣も同時なんだが、本当のことを言っても話が進まない。

「……物心がついたときからずっとだ。俺の家は地元にある道場でな。お前の道場とも近いぞ？」

嫌そうにだがそう教えてくれた。俺の道場は道場じゃないけど、ご近所さんか。それで同じご近所さんのエアリアル流の味方をしてたんだな。だが道場が実家というなら都合がいい。ちょっと聞いてみよう。

「じゃあ剣の稽古の仕方とかは当然知ってるよな？」

ここまでずっと実戦形式で鍛えてきたが、軍曹殿も時間があれば他の穏当なやり方があると言っていたし、もっと普通のやり方があるはずだ。

「はあ？　そりゃ俺は指導もやるから知ってるが……」

「いやさ。俺ずっと冒険者で、稽古も実戦形式ばっかでさ。ちゃんと練習みたいなことしたことなかったわ」

せいぜい軽く素振りをしたくらいだろうか。

「お前よくそれでここまでこられたな」

「人間死ぬ気でやればなんとかなるもんだ」

死にたくない一心で、とにかく強くなろうと実戦的な立ち合いばかりになっていた。ここらで一度、基礎的なことを学んでおくのも悪くないだろう。

上で聞いてもいいが、何をやらされるかわからん。常識的で基本的なことからまずは始めたい。

「ちょっと教えてくれよ。お昼おごるからさ」

「ここの飯はタダだぞ。でもそうだな。上の話をしてくれるってんなら少しくらいなら教えてやってもいい」

俺はドラゴンクラスに一週間はいた計算になるが、初日は剣聖にやられて引き返し、二日目はブルーブルーとやっただけ。三日間は休み。昨日は走り込みで一日が終わり、今日は朝一で下に戻された。

考えてみると上では何ひとつ教えてもらっていない。剣聖、ちょっと手抜きじゃないか？

「お前、上へは？」

「行ったことはない」

話せることはそう多くはないが……

「ブルーブルーはもちろん知ってるな？　上へ行ってすぐに立ち合わされたんだが――」


お返しとしてセルガルがしてくれた話によると、剣の稽古には三つの過程があるという。

まずは見て学ぶ。

その次は型だ。見て覚えた動きを繰り返し体に叩《たた》き込む。初心者は簡単な素振りから始める。

そして最後に実戦だ。実際に使ってみる。

「実戦だけで強くなろうってのも間違ってないが、この三つをバランス良く鍛錬しないといずれ頭打ちになる」

飯のあと、闘技場に場所を移して複雑な型をやってみせてもらった。

剣を振り足を運び、守り打つ。流れるような動きはまるで剣舞のようだ。

「型の練習は退屈で時間もかかるし効果はすぐに感じられないし、いくら繰り返しても強くなれないっていうやつもいるが、俺は重要だと思っている」

脳筋かと思ったら案外真面目で理論派なんだな。

「もう一回。もう一回見せてくれ」

「これ以上は有料だ」

「ご近所さんの誼《よしみ》で教えてくれよ」

賭けの儲《もう》けもリュックスに取り上げられて、今はちょっと金がない。

「型なんてビエルスの道場ならどこでも教えてくれるぞ。俺はもうちょっとで上に上がれそうなんだ。人の面倒なんぞ見てられるか」

今さらどこかに入門もなあ。仕方ない。剣聖かデランダルさんに聞いてくるか。型くらいならすぐに教えてくれるだろう。

「おい。せっかくだしちょっと相手をしていけよ」

「型を教えてくれるのか？」

「時間がかかるから嫌だ。お前さっきのやつ、覚えるのにどれくらいかかると思ってんだ？」

結構長かったし流れを覚えるだけで最低一時間や二時間はかかるだろうか。ちゃんと覚えるには数日いりそうだ。

とりあえずいま見せてもらった型を忘れないうちにやってみるか。型を教わりに上にいくにしても後日だ。今日はダメージも食らったしいい加減疲れた。

「えーっと、こうかな？」

思い出しつつやってみたが、三つ目の動きくらいでもう怪しくなってきた。

「見せたのは一番難しいのだ。初見じゃ無理だな」

「じゃあ、もっと簡単なのを教えてくれよ」

「だから、やだって言ってんだろ」

どうせ側《そば》で見てるなら教えてくれたっていいのに。

「なんだ。型の稽古か？」

声をかけてきたのは三位のサンザである。どこか目立たない場所でやりたかったが、ここらで練習スペースは闘技場の中くらいしかないらしい。

「こいつが型の一つも知らないってんで」

「なら俺がとびっきりのを教えてやろう」

そう言って見せてくれたのは烈火剣。ドンッと踏み込み、剣をまっすぐ振り下ろすだけの単純な型だ。

何度か実戦で見て自分でも見様見真似でやってみたが、改めてじっくり見せてもらい教えてもらえるのはありがたい。

「スムーズに動くことを心がけるんだ。力を込めるよりタイミングのほうが重要だ」

ふむふむ。やってみるとそう簡単でもないな。

「これ一つ極めればどんな相手でも斬れるようになる」

「型なら不動もやっておけ。この前のは見られたもんじゃなかった」

ブリジットもやってきて不動の型を教えてくれた。不動は動きが何種類かあって、そのすべてを見せてくれた。むろんサンザ同様しっかりとした指導付きである。

烈火に不動。そして軍曹殿に教えてもらった雷光。あとは流水だが、流水の使い手は周囲にはいないようだ。

「サンザさんブリジットさん、ありがとうございます」

納得できるまで型を繰り返して見てもらい、二人に礼を言う。

「その調子でしっかりと稽古をすれば、いずれ上に上がれるさ。まあ上がれない俺が言うことじゃないが」

「一度は私に勝ったんだ。仲間に置いていかれたのはつらいだろうが、元気出せ」

あれ？　これってオーガに落とされて意気消沈してるみたいに思われて、それで親切にされてるのか。

元気がないのは純粋に疲れてるだけで、下に来たのも実力の近いオーガのほうがいい稽古になるからという理由だし、強化を取り直せばいつでも上に上がれるだけの実力は戻る。

だからこうやって気を使われるのは非常に申し訳ない。

「それは別に気にしてないさ」

強がりではなく本心からそう言い、むしろサティたちが俺がいなくて寂しがってるんじゃないだろうかと思う。剣聖はどっかで隠れて見てそうだ。

■■■■■■■■■■■■

「「おかえりなさいませ、マサル様！」」

ここ最近はビエルスの道場屋敷に戻るとエルフさんと獣人ちゃんたちが出迎えてくれる。

五名ずつ総勢一〇名。新たに加わった俺専属のメイドさん部隊である。揃《そろ》いのメイド服もあつらえてみんなかわいらしい。

修行をするにあたって道場屋敷の家事その他をどうするのかという問題があった。

俺やウィルやシラーちゃんはそんな余裕はないし、多少余裕があるからといってサティにやらせるわけにもいかない。前衛組は修行に専念させたい。

それならと例の獣人のハーレム予備軍から何人か、お手伝いを連れてこようということになった。

転移で連れてくることになるが、機密保持はティリカに判断を任せれば心配ないだろう。

だがそれを知ったエルフから待ったがかかった。

「人手が必要ならぜひともエルフからお願いします。お給金など必要ありませんし、家事や身の回りのお世話はもちろん、魔法も使えて護衛もこなせます！」

その件でエルフの里に呼び出しを受けたので行ってみると、エルフの偉いさんから土下座せんばかりに頼まれた。先日の王様との会議にいた顔だ。最近はエルフの顔の区別もちゃんとつくようになってきた。年齢は相変わらずわからないんだけど、めっちゃ下手に出てくるから怖くて聞けない。

加護が貰《もら》える可能性があるのだ。エルフ側が必死になるのもわかる。

普段から世話になっているエルフを無下には断れないし、リリアからもお願いされて、結局獣人とエルフから同数の五人ずつ選抜することになった。

俺たちが修行をしている間、リリアが一人になるのでどうしようかとも思っていたのだが、それも解決した。

突然屋敷に一〇人も増えたことについては、実は俺は子爵家の当主で、その護衛と身の回りの世話係が遅れて到着したという、ほぼ真実を言っておけば問題はないはずだ。

むろん説明したのはそこそこ親しくなった、例えばお隣さんのみでそれも口止め付きだ。

すでにビエルスではどうしようもなく注目されてる気がしないでもないが、これ以上目立つようなことは控えたい。

リリアはお隣さんの道場で、メイド部隊ともども剣の修行をつけてもらっている。エルフは戦える者が集められたが剣は専門じゃないし、獣人とリリアはほぼ初心者。

見学に行けば初心者向けの稽古を見られるはずと、セルガルたちに型を教えてもらった翌々日に見に行った。サボるいい口実である。修行の内容に関しては今のところ俺に任されているのだが、
隔日の走り込みは回避不能である。これがもうつらい。

夜明け前に出発して、戻れるのは真夜中。型について聞く時間などないし、そんな気力は欠片《かけら》も

ない。

二回目の山歩きなど、甘やかしてはいかんとの剣聖の言葉で、遅れれば独りきりである。ウィルにすらすまなそうに置いていかれ、暗闇の山道の一人歩きはつらいわ寂しいわ、魔物の警戒もいるわで非常につらい。マジでつらい。そのうちまた倒れるんじゃなかろうか？

見に行くとお隣さんの道場はうちの子たちを除いても門下生がかなり増えていた。きっとうちのきれいどころ目当ての男どもだろうと思ったら、女の子も何人かいた。どうやら女の子でもエルフちゃんたちの美しさには心が躍るようだ。

剣士スタイルのエルフちゃんたちはとても見目麗しい。

その稽古の様子を見ながら師範のルスラン・エルモンス氏に指導内容を根掘り葉掘り尋ねていく。むろん俺は元ドラゴンクラスで現オーガの強豪剣士なので、初心者向けの稽古内容を知りたいのも身内を心配してという名目である。実に自然である。

知った内容はだいたい常識的なものだった。というか軍曹殿に初心者講習会で教わっていた内容も多い。あのときすでに剣術はレベルを上げてたから、他の初心者メンバー向けだったこともあって、軍曹殿も必要なかろうと直接の指導は省いていたようだ。

それに走り込みでヘロヘロになってたし、たぶんろくに頭に入ってなかっただろう。稽古も俺は立ち合い中心だったしですっかり忘れていた。

基本的な型もクルックとシルバーたちが教えてもらっていたのを見た記憶がおぼろげながらあったし、サティがよくやっていた素振りもそうだった。

軍曹殿は必要なことはきっちり教えてくれていたようだ。今度こそ忘れないよう、記憶に刻みつけておこう。

その週はオーガには顔を出さず、走り込みと基礎の習得に費やした。

余裕がなかったのもある。まずは体力がつかないと、疲労困憊《ひろうこんぱい》でオーガに行っても三九位あたりでまたぼこぼこに負けてしまうだけだ。

それで走り込みのない日は一人、村屋敷の道場に篭《こ》もって型の稽古をしていた。

休み休みである。

サボってるんじゃない。でもちょっとは休まないとやってられない。ほんとつらいんだって！

隔日で丸一日走るっておかしいだろ!?

それがくたくたになる程度で無事に過ごせているのも回復魔法のお陰だろう。でなきゃ一回走れば筋肉痛で数日身動きが取れないはずだ。

立ち合い稽古も戻ってきたサティと時間があればやっていた。シラーちゃんは疲労で使い物にならないが、サティは俺の稽古の相手から、身の回りの世話までできうる限りやってくれる。

多少疲労の色が見えるときでも、俺の身の回りの世話だけはメイド部隊にも譲る気はないらしい。

「稽古も誰よりもやってるのに、サティ姉様はとんでもないです……」

「わたしはそれくらいしか取り柄がないですし」

初日の走り込みですらヤギを担いで戻って平気な顔をし、すでに午前中に走り終えるようになり、午後からは剣の稽古するようになっていて何を言うんだろうか。

だがサティが手慣れた世話をやってくれるのはいいことだ。一〇人増えたメイド部隊は、むろんハーレム許可も下りていて、俺の手出し待ちなのだが今のところお相手する余裕がなさすぎて保留中である。

記念すべき初めてが疲れた状態であっさり終わるとか許しがたいし失礼だろう。とりあえずはそれぞれとの交流をしっかりして、仲良くするだけにとどめている。

ウィルは道場屋敷が手狭になったし、俺のハーレムの邪魔をしては悪いと剣聖の修練場で寝起きするようになった。同じく道場に泊まり込んでいるフランチェスカと同居して仲を深めたいとの考えもあるようだ。修行修行でどっちもそんな余裕はないだろうが。

あとどうでもいいけどウィルの正体が速攻でデランダルにバレた。幸いにも他には黙っててもらえたらしい。

だがそんな休息的な型稽古の日も、剣聖に見つかってしまった。ビエルスで昼ごはんを取って、村に戻ろうしたところを捕獲されてしまったのだ。

「ほう。一人で型の稽古をやっていたのか。感心感心。ワシが少し見てやろう」

それで嫌そうな顔をしたのが敗因だった。

「ちゃんとやってるんだろうな？」

「いやあ……」

あんまりやってないのがバレてしまい、剣聖の付きっきりでの指導のもと、一日の練習メニューもしっかりと指定された。

型を基本から系統立てて教えてもらえたのはいいが、素振り各千回ってなんだよ……

「ワシが見てない日もサボるなよ？　ティリカ殿にチェックしてもらうからな」

終わった。これならオーガで適当に練習してたほうがまだマシだったろうか？

■■■■■■■■■■■

一週間二週間、一ヵ月と修行は続き、走り込みにも慣れ過労で倒れることもなく、ついに日暮れ前に戻れるようになった。大変な進歩である。

だが他の三人はそれ以上に進歩していた。中でも特にサティだ。

一ヵ月を少し過ぎたある日。オーガの闘技場で剣聖の御前試合が行われたのだが……

「よくぞリュックスを倒した、サティ・ヤマノスよ。これよりソードマスターを名乗るがよい」

サティはたった一ヵ月の修行でリュックスを倒してしまった。

剣聖の言葉に、わあああああっと満員の闘技場で歓声があがる。新たなるソードマスターの誕生に会場が沸き立った。

「サティに奥義を授けよう。明後日だ。明日は稽古はなしにする。十分に体を休めておくがいい」

むろん俺を含め俺たち全員、奥義はいまだ未習得である。

サティは恐ろしく強くなった。そして奥義習得でさらに強くなる。

「よくやった、サティ」

「はい。でもまだまだです」

剣聖と戦った後、サティはあれくらい強くなれればと言っていた。そのときは無茶だと思っていたが、こうなると現実味を帯びてきた。

シラーちゃんとウィルもかなり強くなったという。ビエルスへ修行に来たのは大正解だった。

だが俺はいまだに一人、素振りと型の稽古である。剣聖はそのまま続けろというし、そのうち型のマスターになりそうだ。ほんとにこんなことしてていいのだろうか？

ブリジットたちには以前、気にしてないと答えたが……サティたちにずいぶんと置いていかれた気がする。

第5話　赤い羽根

「マサルよ。真の強さとはどのようなモノだと思う？」

あるとき剣聖が俺に問いかけた。

剣聖は俺の修行に関してあまりあれこれ言わない。確かにちゃんと教えてはくれるしサボらないよう見張りもするが、うちに入り浸ってる割には俺に対する指導にどこか一歩引いた印象がある。だってずっと型と素振りに走り込みだぞ？　そんなのそれこそ町の道場でだって十分に習える。

剣聖の弟子になった意味がどこにあるのだろうか。

その疑問に対する返答がこれだった。

真の強さか。俺にとって強さとは常に生き延びることと結びついていた。あらゆる敵を相手にでき、どんな状況でも生き残れる力。剣聖のように一〇〇歳まででも。

剣聖は実に理想的なモデルだ。参考にして俺もがんばって一〇〇歳まで生き延びたい。

「ならばそれがお前にとっての真の強さなのだろう」

考えを話した俺に剣聖がそう答えた。

「そのための手本を見せることはできる。手助けできるところもしよう。だがそれをずっとできるわけでもなかろう。結局のところ人は自分で強さとは何かを自らの手でもって見つけねばならん。そうでなければ本当の意味での成長は望めぬ」

本当の意味での成長か。こっち《異世界》に来てずいぶんと強くなったのは間違いない。だがそれは状況に流されただけのものだった。経験値を稼いでスキルを取れば勝手に強くなってしまうし。

「焦ることはない。ワシとて真の強さとは何かをいまだ理解しておらぬし、そんなワシがお前を型に嵌《は》めて教えたところで、出来上がるのはただの劣化版にすぎぬだろう」

劣化版剣聖でも十分だと思います。

「お前はお前自身の強さを見出《みいだ》し目指すのだ」

俺の強さとはすなわち加護の力そのものだった。だからちょっと強化をリセットしただけで、剣術スキルやステータスはいまだ常人を凌駕《りょうが》しているにもかかわらずこの体たらく。

「俺は加護頼りのなんの才能もない凡人です。鍛えたところでどこまで強くなれるか……」

俺なんかに張り付くよりサティたちを指導するほうが、パーティ全体にとって有意義なんじゃないだろうか。

「それはまだ力を十分に使いこなせておらんだけだ。年端のいかぬ小僧に上等の剣を持たせたとしよう。それを分不相応と感じるか、あるいは自分の力と過信し増長するか」

そう言うと剣聖が腰の剣を抜いた。淡い金色の刀身のオリハルコンの剣。

「だがふさわしき者が持てば、それは大きな助力となろう」

加護にふさわしい強さか。果たしてそんなものが俺にあるのだろうか？　いつか得られるのだろうか？

そう自問自答しながら黙々と型と走り込みを続けていたのだが……

「師匠。今日は休んで、明日オーガに行こうと思います」

サティとリュックスの戦いのあと、いつものようにビエルスの道場屋敷に来ていた剣聖を捕まえて言った。俺はいつの間にか、剣聖のことを師匠と呼ぶようになっていた。自然とそう思えるようになっていたのだ。

「よかろう」

リュックスに勝ったサティを見て焦りを感じたのもあるが、体力もかなりついて元に戻した大剣も再び自在に振るえるようになった。

そろそろ力を確かめてもいい頃合いだろう。

■■■■■■■■■■■■

修行は順調だったが、他では多少の問題もあった。サティのソードマスター就任後、珍しく家族勢揃《せいぞろ》いしたのでお祝いで食事会でもということになって、その席でのことである。

「それで例の寄付金集めはどうなったんだ？」

食事が落ち着いたのを見計らい、そうアンに尋ねた。

話は先週あたりまで遡《さかのぼ》る。アンが深刻そうな顔でお金が足りないと言ってきたのだ。

「もちろんすぐにじゃないんだけど、今のペースだとヒラギス奪還が早めに成功しても、到底そこまでもたないの」

俺が直接支援している獣人のほうは余裕があるし、アンが面倒を見ている養育院の維持は絶対に譲れないとして、どうにもならないのが居留地本体の食料事情である。なにせ人数が多い。

帝国からの援助は相変わらず低調だし、しかも食料価格が上昇しているという。足りないだろうことはわかっていたが、想定よりもずいぶんと厳しい状況になりつつあるようだ。

「じゃあ狩りに行くか」

俺らが何もかも面倒を見る必要はないのだろうが、乗りかかった船だ。稼ぐのは簡単だし、修行のちょうどいい骨休めにもなるだろう。それに俺の個人的なお小遣いも補充しておきたい。修行修行で使う暇もないし、必要な物があればリリアがお金を出してくれるんだが、やはり自由に使えるお金は確保しておきたい。

「今はマサルたちにそんな余裕ないでしょ？　そろそろ寄付を募るパーティーをすべきね！」

毎度言い訳めいたことを考えないと人助けにもひっかかりがある俺と違い、エリーたちにはそんな葛藤はないようだ。

というかそもそもが俺が助けると決めたからこそ、色々考え積極的に動いてくれているのである。

パーティー面倒臭い、などと思ってはいけない。

それに修行があるから俺はそっちには関われないだろうし。

「普通の寄付って募集しないのか？」

「普通って？」

「パーティーはどうせ貴族とか大きい商人とかしか来ないだろ？　もっと一般の人から寄付を募る

んだよ」

そういえばこっちでは街頭募金とか見かけたことがないな。

「庶民から搾り取ろうだなんてマサルも悪辣《あくらつ》なことを考えるわね。でもそうね、いよいよとなったら、そのときは臨時税を課すんだけど、反感を買うからあんまりやらないほうがいいのよね」

「そういうのじゃなくて俺たちがやったみたいにもっと自主的なのだよ」

「そういうときは神殿に寄付するんじゃないかしら？」

「でもそれだと寄付がヒラギスの避難民に届くかどうかわからないだろ？」

「まあそうね」

エリーの返答にアンもそう言って頷《うなず》き、ちょっと苦い顔である。さすがに砦《とりで》の神殿に寄付すればほとんどが直行するだろうが、それにしたって神殿の運営費にいくらかは絶対に取られてしまう。たぶん一定の上納金もあったはずだ。

「じゃあどうするの？」

「街頭で寄付……募金を呼びかけるんだ。広場や人の流れのあるところで小さい子に箱を持たせて、そこで寄付を呼びかける。銅貨一枚、銀貨一枚からでいい」

「そんなので集まるのかしら？」

エリーが疑問を呈する。

「うちの国じゃ赤い羽根募金っていって、結構な額が集まってたよ」

どうせなら丸ごと真似するかと、もう少し詳細を話してみることにした。

寄付をした証《あかし》に赤い羽根をあげて身につけてもらう。それをアンが、リシュラの聖女様がにっこりと微笑《ほほえ》んでありがとうと言いながらやる。

アンが治療をするとどこでも男が群がったものだ。今はさらに聖女としてのネームバリューまである。これはかなり受けるんじゃないだろうか？

「お金の用途は居留地への食料支援に限定して、寄付金の額や経費はすべてオープンにして誰にでも見られるようにする。神殿の前にでも立て札するとかな。自分たちの寄付が積もり積もって一〇〇万ゴルトとかになるのを見るのは嬉《うれ》しいもんだ。真偽官にも手伝ってもらおう。信頼が増す」

ティリカが頷いた。

「最初は知名度がないからアンとティリカには張り付いてもらうことになるだろうけど、活動内容がある程度周囲に広まれば、あとは子供たちに任せておけばいい」

「お金が集まるなら護衛も必要ね」

「それは神殿騎士団に頼みましょう」

「あと子供たちにも募金の趣旨をちゃんと理解させて、募金に来た人にきちんと説明できるように。募金はその日のうちに金額を集計してなるべく早いうちに掲示をしていく。何よりも大事なのは信頼だ。庶民がなけなしのお金を寄付するんだからな」

この募金のいいところはお手軽に、誰でもどこでもできるってことである。パーティーなんてまったく必要ない。

「これがうまくいかなかったら、そのときはがっつり狩りをしよう」

そうしてすぐにスタートした赤い羽根募金活動だったが、赤い羽根は矢羽にもならないハーピーのクズ羽根でいいからと、エルフのところへないか聞きに行ったら大量に手に入った。染料はちょっとお金がかかったから色をつけるのは羽根の先だけにして、その作業は養育院の子供たちが主だってやった。

そうして実際の募金活動もすぐに始めることができて、順調だとはここ数日エリーから報告が上がっていたのだ。

「かなりの額が集まったわよ！　みんな思ったよりお金を持ってるのね」

エリーが嬉しそうな顔で言う。

「小銭が積もり積もってだろ」

「兵士や冒険者の人が結構な額を入れていってくれるのよね」

そうアンが言った。男どもか。まあ今回は大目に見ておいてやろう。

「このペースだとうちが寄付した額はすぐに超えそうね」

「そりゃすごいな。さすがはリシュラの聖女様」

「それやめてよ……」

「アン、笑顔よ！」

エリーの言葉で沈んでいたアンの顔がピシッと笑顔になった。

「おお、見事な営業スマイルだ」

「えいぎょう……？」

「商人とかがするお仕事用の作り笑顔のことだ」

「商人なんかに見られるようじゃまだまだね。アンも子爵家の奥方なんだから、もっと自然な笑顔を出せるようにしないと。こんな感じよ」

エリーがぱあっと笑顔になった。

営業スマイルにはまったく見えない、とても自然な笑顔である。

「無理」

「無理じゃないの。アンにも暇ができたら礼儀作法を習う時間を取りましょうか」

礼儀作法ってそんなことまですんのか。

「もちろんマサルもよ」

マジか。

「村を出たときは子爵なんて話はなかったし、まだまだ先でいいと思ってたんだけどね」

普通は新しく村を作って貴族になるにしても、叙任には五年ほどかかるのが通例であるし、それも良くて男爵か準男爵スタートである。

「じゃあサティたちもだな」

矛先が自分たちに向いてサティやティリカ、シラーちゃんが驚いた顔をしている。いやいや、猫耳の二人はともかくティリカは絶対に必要だろうに。

「そうね。わたしも家を出て長いから少し勉強しなおさなきゃ。リリアはどうなの？」

「エ、エルフは礼儀にうるさくないのじゃ」

リリアもダメそうだ。ウィル以外は全員でお勉強か。

「ウィルは？」

「おれは小さい頃からやってたっすよ」

「そりゃいいな。ウィルに教えてもらおう」

「基本的なことは教えられるっすけど、女性の礼儀作法はまた別っすよ？　それに王国の情勢にも詳しくはないし、ちゃんとした教師を捜すほうがいいっすね」

むう。色々面倒そうだが相当先の話だろうし、今は目の前のことだ。

「それで募金の話だけど、次の段階にかかろうか」

「次？　これだけ集まるなら十分じゃないかしら？」

「次は組織を他の町に拡げるんだ。砦だけじゃ限界があるからな」

今回みたいな災難は何度でもあるだろうし、ノウハウは蓄積しておいたほうがいい。

「当然ね。これだけうまくいくんですもの」

「またアンにはがんばってもらわないとダメだけどな」

「がんばるわ」

アンが悲壮な表情で頷いた。養育院の運営に神殿での治療だけでも相当忙しいのに、さらに他の町で寄付金集めである。大変だろうが先頭に立ってもらうしかない。

「これはしっかり計画を作って時間をかけてじっくりやる。今後のことも考えると焦って失敗したくないからな」

たぶん神殿が協力してくれるだろうが、そのあたりの詳細はまるっと人任せである。

「そうね。この手はなかなか使えるわ」

「組織はあくまで臨時にしておけよ？　本当に厳しい災難のときだけにしておかないと、庶民のお金にも善意にも限度があるからな」

「それはそうね」

「で、それがうまくいくようならさらに次の段階だ」

「組織を世界中に拡げるの？」

「それは最終手段だな。そこまでやると俺たちでコントロールできないだろうし、ヒラギスに行くまでの時間を考えるとちょっと無理だろ」

「じゃあどうするの？」

「パーティーを開くんだよ。庶民だけに寄付させて貴族がなしってわけにもいかないだろ？　募金のペースもだんだん落ちるだろうし、タイミングを見てパーティーを開催して寄付させよう。庶民がこれだけ寄付したんだって言われて、貴族や金持ちがしないわけにもいくまい？」

「おお」

俺の案にエリーは感銘を受けたようだ。

「これは忙しくなりそうね！」

エリーは元気だな。エリーもアンの手伝いに加えて兄の領地のこともやっていて、間違いなく忙しいはずだ。

エリーの実家はうまいことヒラギス居留地から住人をゲットできたようで、彼らが通常ルートで到着するまでに第二村の建設が必要だし、周辺への連絡がしやすいように街道も新しく作っているそうだ。

修行組はともかくエリーたちは今頃は暇になるだろうと思ってたのに、ほんと俺たちって余裕のない生活をしてるな……

「今日はゆっくりしていくんだろ？」

「泊まりよ。アンもたまには休みを取らないとね。放っておくと全然休まないんだから」

エリーは来られる日はなるべくビエルスに来ていたし、疲れると電池が切れたように活動を停止してしっかりと休みを取っていたが、アンが休暇らしい休暇を取るのは砦に到着して以来初めてなんじゃないだろうか。

ティリカは基本付き添い状態なんで、エリーほど仕事はないようだ。

「状況も落ち着いてきただろうし、そろそろペースを落とすべきだな」

それにはみんな同感なようで、一様に頷いていた。

今日はアンはお泊まりか。

別に夜まで待つ必要もないし、このあと俺の部屋……ここは人口密度が高いし村の屋敷にするか。

そこでベッドにでも潜り込んでゆっくり話をするとしよう。

ここのところアンとは全然仲良くする時間が取れなかったし、色々ストレスが溜《た》まってるだろう。

発散させてやらないとな！

「人は働きすぎでも死ぬんだ。過労死って言ってな。俺たちは体力があるから一ヵ月くらいなら全然平気だろうけど、あんまり長く続くと危ない」

「へー」

「俺も今日は休みにしたし、アンは俺がしっかり休ませておくよ」

「あー、はいはい。マサルに任せるわ」

以心伝心。多くを言わなくともちゃんと伝わるっていいな。

「じゃあ邪魔の入らない村で休もう」

有無を言わせずアンを捕獲。

ゲート発動！　拉致いっちょ上がりと。

「いいからいいから。ベッドにでも寝転がってゆっくりお話でもしようぜ」

抵抗するそぶりを少しは見せたが所詮《しょせん》形だけのものである。アンは昼間からってのが苦手なだけで、お楽しみは嫌いじゃないのだ。

「大丈夫大丈夫。お話するだけだから。ん？　お風呂を先に？　じゃあ一緒に入ろうか」

変なことなんてもちろんしない。これは夫婦として当然の行為、営みなのである。

そうそう。赤い羽根募金の後日談を付け加えておこう。

近隣のいくつかの町へと拡げた募金活動は順調にお金が集まり、さあチャリティパーティーの準備だというところで、貴族や大商人からの寄付があっちから来たのである。

「庶民があれだけ寄付をしてるんだから我らもしないわけにもいくまいって……」

募金額を誰にでも見られるように公開していたのがよかったのだろう。面子が大切な貴族たちである。一人が始めるとあっという間に寄付の流れは加速する。

そうなると砦周辺で商売する商人たちも寄付しないでは外聞が悪く、合わせて相当な金額が集まり、当然ながらエリーが楽しみにしていたチャリティパーティーは開く必要がなくなってしまった。

そして赤い羽根を身につけるのは庶民貴族問わずちょっとしたブームになったという。

第6話　三度目の挑戦

生き延びるために強くなる。

剣聖にはそう話したが、じゃあなんのために生き延びるのか？

周りに何人も女の子を侍《はべ》らせて、手を伸ばせばいつでもセクハラし放題な環境なのに毎日毎日ひたすら修行。

昨日アンと二人きりで過ごした時間は大変に楽しかった。

もっと休暇が欲しい。

修行するのは仕方ないにしても、もっとゆっくりできる時間が必要だ。

それでこそ生き延びる意義があるというものじゃないか？

周囲に流されるまま、ノリと勢いで修行をこなしてはみたものの、剣の修行はとてもつらい。サティに励まされながらなんとかやってきたが、今のペースをずっととか少々無理がある。

そもそもが集中して修行をしようという話自体が、ヒラギスに行くまでの短期間で成果を上げようとしたからで、剣聖《ししょう》が我が家に入り浸っている現状を見るに、ヒラギス戦を機に修行が終わるかというと、まずそんなことはなさそうだ。

サティは相当強くなった。ウィルとシラーちゃんも順調に強くなっている。俺は……体力はだいぶついたな。

剣のほうがよくわからない。元の大剣に戻してもほとんど変わらないくらい動けるようにはなった。サティも強化をリセットする前くらいの強さに戻ったようだと言うのだが、そうなると、じゃあ強化とはなんだったのかという話になるのだが……

今日はその辺をまずは手頃な相手で確かめる。それでサティの言うとおり元の強さくらいになっているのなら、リュックスに対戦を申し込む。また前みたいにボロボロに負ける姿を衆目に晒《さら》すのは絶対に御免だから、やるのは上で観客がいないところがいい。

それでオーガ闘技場前までリリアのフライで飛んできたのだが、降り立つとさすがに目立つ目立つ。我が家全員とメイド部隊勢揃《せいぞろ》いで俺以外女性ばかり。それも妙齢のきれいどころばかりである。それを新しいソードマスターが引き連れているのだ。

昨日サティ対リュックス戦と順位戦が行われ今日は何もないはずだが、選手も客もそこそこいる感じだ。

「今日は軽くだから、みんなで見に来てもすぐ終わると思うんだけどな」

「まあまあ。せっかくマサルが久しぶりに戦うんだし。終わったらついでに外で何か食べて帰りましょうよ」

エリーがそんなことを言う。まあたまにはいいか。メイドちゃんたちも修行にかまけて全然相手ができなかったし、そろそろどうするか考えたほうがいいよなあ。

しかし総勢一〇人である。ちょっと多すぎやしないだろうか？　いやまあ最終的に決めたのは俺なんだが、元々ちょっとした家事要員に獣人から二、三人連れてくるだけのつもりだったのだ。

でも後々加護が付く可能性を考えると最初から少し増やしておいたほうがいいんじゃないかということで、じゃあ五、六人にするかという話になって、そこにエルフが加わって一気に倍である。エルフ側は人件費とかも一切いらないし、必要がなくなったらいつでも戻してくれて構わない、それでいてお手つき自由という優遇っぷり。まさに至れりつくせりである。思わずイエスと答えた俺を誰も責められまい。

しかしほんと、どうしようかね？　エルフはもちろん使徒や加護のことは知ってて来たし、獣人も例のハーレムに集められた面子から選抜され、こっちに来たときに同程度の情報は与えた。それで当初からみんないつお呼びがかかるのかと俺の前では常にそわそわしてる有様だったのだが、こっちは修行でそんな余裕がない。

それにみんな顔で選んだのかというくらいかわいい娘揃《こぞろ》いである。疲れきった状態で相手をするのももったいなさすぎる気がしたのだ。

到着していきなりの加護はなかった。じゃあ手を出すのかというと、適当に一人か二人といっても誰を選ぶかという問題もあるし、全員手出しするにはそんな余力もないし、欲望のままにつまみ食いというのもちょっと感じが悪い。

仕方のない話なんだが、家事手伝い要員として増員を頼んでついでに加護の候補にもなればいいなって程度だったはずが、彼女らにしてみれば加護候補という側面が極めて重要なのだ。

選抜するにあたってはリリアたちが色々話したようだ。命の危険。人生そのものを懸ける覚悟がいる。俺への忠誠。

加護という餌があるにせよ、それでもやってきて身も心も捧《ささ》げようというのを無下にもできない。休暇を増やすというのもこの件に繋《つな》がる話である。もし加護持ちを増やせれば、俺がひーこらモノになるかどうかもわからない修行をするよりも戦力になる。

むろん当初は修行を優先して、加護持ちを増やすのはヒラギス戦の後と考えていたのだが、来てしまったのものは仕方がない。やれることはやっておいたほうがいいだろう。

つまり修行のペースを落としお休みを増やすというのはメリットも多い、とてもいいお話なのである。

「おお。来たな、マサル！」

そんなことを考えつつ、一旦《いったん》みんなと別れ、サティを連れてオーガ闘技場に入ろうとすると、リュックスに出迎えられた。

「ちょうどいいタイミングだ。もうすぐ出番だが準備はいいか？」

「準備？　なんの出番だ？」

なんだかとても嫌な予感がするぞ。

「聞いてないのか？」

「何も聞いてない」

俺がそう答え、サティも知らないと首を振った。そういえば朝、剣聖が来ていて、今日はいつ頃オーガに行くのかを聞かれたな。単にこっそり観戦したいのだろうと思っていたのだが……

「あー、ではいま教えよう」

気の毒そうにリュックスが言う。リュックスは加護だ使徒だは知らないが、俺が剣聖にかわいがられてるのはよく知っている。一応隠しているし、毎日のようにうちに入り浸っているにもかかわらず世間にはバレてないようなのだが、上にいる人間には周知の事実だ。

「このあと、一〇人と対戦してもらう。全員倒すことができれば俺とだ」

師匠である剣聖のお達しだ。剣聖が俺の配下である設定を知らないリュックスは俺が拒否など絶対すまいと思っているのだろう。告知もして賭けも受け付け始めている。

だがイベントごとはもう嫌なんだが。

ちらっとサティを見ると俺が戦うと聞いて嬉《うれ》しそうだ。サティは俺が真面目に戦うのを見るの好きだもんな。

それに一緒に来た見学のみんなも今頃このことを知ったことだろう。リリアはさっそく賭けに動いているかもしれないし、告知したあげく逃げるだなんて無様な真似は見せられない。どのみち戦うつもりで来たのだ。

「今度からは俺に聞いてからにしてくれ」

ため息をつきつつ言う。一一連戦もか。せめて事前に知らせてくれれば交渉の余地もあったのに。それとも今からでも遅くないか？　賭けは払い戻しで対応させればいいし、せめて人数を半分くらいに……

「すまんな。それとだ」

「まだ何かあるのか？」

「お前に勝てば褒美として上に昇格できることになっている」

「ちょっと待て」

逃げるどころか交渉の余地すらなかった。上に上がれるチャンスだ。対戦相手は俺との対戦がなくなるのは許さないだろう。

それにこれ、みんな相当ガチでくるんじゃないか……

「賭けの倍率はどうなってる？」

「俺に勝てば四倍か五倍ってとこだな」

悪くないな。リュックスには一度は勝ってるのだが、思ったより高い。やはり前回の魔法なしでの負けっぷりで票が割れたか。昨日のサティ対リュックス戦はタイマンだけあって、サティが勝っても二倍台で、あまりいい儲《もう》けじゃなかった。儲けるチャンスではあるな。まあリュックスにはさすがに勝てないだろうが。

他の対戦相手は上位でサンザ、アレスハンドロ、セルガル。あとは俺の現順位の三九位を考慮してそのあたりの順位から選ばれているようだ。

「がんばりましょう！」

「リュックスはさすがに無理だぞ？」

リュックスに勝つ以外だと賭けてもそんなに旨味《うまみ》がないな。ファイトマネーのほうがたぶんいい稼ぎになる。

「わかりませんよ」

サティが言い、リュックスも頷《うなず》いた。

「昨日のサティとの試合は評判が良かったし、今日も客の入りはかなりいい。期待してるぞ」

そう言い残すとリュックスが去っていった。リュックスは勝った負けたより客の入りのほうが気になるのか、サティに負けたことはまったく気にした風もない。

「ぜんぜん軽くじゃなくなっちゃいましたね」

暗い顔の俺にサティが慰めるように言う。でもそうだろうか？　久々のオフ気分で軽く、のはずが本気の試合になってしまったが、しかしたかが一〇人だ。一一人目のリュックスは厄介だが、勝てそうにないならさっさと負ければいい。がんばれば三〇分もかからないだろう。

「いや、軽く終わらせてさっさと帰ろう」

そうだ。見世物に長々と付き合う必要はまったくない。リュックスには悪いが今日の試合、あまり見応えは期待しないでもらおう。

だが俺の言葉にサティは嬉しそうな顔をした。いや、対戦相手を軽く片付けるとかそんな意味じゃないからな……

■■■■■■■■■■■■

「ソードマスターサティの旦那でもあり、不死者《アンデッド》の二つ名を持つ魔法剣士、マサル・ヤマノスが三度目の挑戦をするために戻ってきた！」

突発イベントのはずがリュックスの言うとおり客の入りはかなりのものだった。剣聖の御前試合があった昨日の続きだからだろうか。

「今回は特別な褒美もある。マサルに勝てば、特別に上への昇格が許されることとなった！」

場が一斉にざわめいた。軽い腕試しのつもりが上に上がるまたとないチャンスだと、俺の相手はいつも以上に目の色を変えている。

初戦は前回負けた相手だった。

「お前を倒すだけで上に上がれるとは運がいい」

「倒せればな」

一度は負けたのだ。油断はまったくできないが……

「始め」の合図で不用意にかかってきたそいつの剣を躱《かわ》しざま、一閃《いっせん》。

「馬鹿な……」

がくりと相手は膝をつき、あっけなく勝負はついた。やはりこのレベルだとまったく問題はなさそうだ。

力もほぼ戻ったし体調もいい。それにここのところ、俺の相手は腕を相当上げたサティだったのだ。回避と防御だけはかなり上達している。

攻撃面がサティにはかすりもしないので心配だったが、サティより遅い相手だ。思ったよりも簡単に捉えることができた。

「次だ」

二人目も不用意に動いたところを一撃……いやこれは違うな。単に相手の動きが悪い。

三人目は警戒したようだが、軽く踏み込むと簡単に釣られ、動いたところを一撃。

四人。

五人。

六人。

七人。

七人が七人。一合すら合わせることもなく倒れていった。あっけにとられた様子で静まり返った闘技場がわっと沸いた。

サティは上での修行で数段速度と力が増していた。それに比べればどいつもこいつも遅い。やはり前回のコンディションが悪すぎただけなのもあるが、そもそも最初に戦ったときでさえ、上位以外はまともに俺の相手はできなかったし、そのうえ病み上がりで絶好調というわけでもなかったのだ。

「……ずっとここに来ないでこっそり修行か？」

八人目に相対したセルガルが言った。

「型だよ。ずっと型の稽古だった」

型の稽古は役に立った。魔法もそうだが、理屈がわかれば応用が利く。剣術スキル5だろうが、基礎としている動きは基本の型に集約されていた。

なぜここでこう動くのか？　相手の動きに対してどう返せばいいのか？　どう動けば効率がいい

のか？

型とはつまるところ先人たちの技と経験の集大成だ。それらをすべて理解できたとはとても言いがたいが、剣術の基礎を、理《ことわり》を、術を、この三週間でたっぷりと体に刻み込んだ。今までスキルに任せていた動きが、きちんと理に適《かな》っていたことが理解できた。

それがどれほど実戦で効果があるかわからなかったが、どうやらサティとの稽古と同等か、それ以上に効果があったようだ。

相手の動きがより深く理解できるようになった。だから対応も余裕を持ってできる。

「お前は俺に足りないものを教えてくれた。礼を言おう」

「ちっ。そういうことは俺に勝ってから言え」

「そうだな」

サティとシラーちゃんに負けたとはいえ、このレベルまでくると簡単に勝てる相手ではないのは確かだ。

だが……セルガルは素直な相手だった。実にきれいな理に適った動きをし、もし俺と同等の力と速度が備わっていれば、正確で隙《すき》のない剣術は相当に厄介だっただろう。

数合、打ち合ったところでセルガルが大きく下がった。

「なぜだ。その強さはソードマスターのお陰か？」

セコンドよろしく特等席で観戦しているサティを見てセルガルが言う。どうやらこいつの目にも、俺は以前よりはっきりと強くなって見えているようだ。

これはやはり加護のお陰だろうな。

しかし半年以上に及ぶ修練と、ここで剣の基礎と真髄《しんずい》に触れたことで、ようやく加護の力をまともに扱えるようになった。それはきっと俺自身の成果でもある。

「そうだな。サティのお陰だ」

だがそれもこれもサティが強硬にビエルスでの修行を主張したからだし、それ以前にずっとサティという共に修行をする相手がいたからこそ俺はここまで強くなることができた。

「クソッタレが！」

セルガルの仕掛けたフェイントも、見えてしまえばフェイントたり得ない。そして惜しむらくはスピードとパワーが違いすぎた。

セルガルの剣を受け流し、返す刀で一撃。それで戦いは終わった。

次はアレスハンドロ。シラーちゃんとウィルが立て続けにやられた長い手を持つ面倒な相手である。前回戦ったときはエアハンマーで吹き飛ばした。そのとき同様今回も間合いが遠いのだが、今日はエアハンマーが使えない。

こいつだけはこれまでの相手と違う、ちょっと特殊な水流剣の使い手だ。

加護でどうにかなる不動や雷光と違い、修練と経験が物を言う技で、むろん型はいくつか教えてもらったが、使いこなすには非常に微妙で繊細な技術を要した。この短期間では習得の糸口すら掴《つか》めていない。

サティが少しだけできるようになった、王都で教えてもらった無拍子打ち系統の剣術である。

目線や筋肉の動き、呼吸などで相手の動きを知るのが基本であるが、その根本的な理とは、人の体は大半が水でできているということで、だから人の動きにほんの一拍ぶれが生じる。そこを感じ取り、隙とするのが極意らしい。

うん、そんなんさっぱりわからんわ。

「お前ほどのレベルで剣を習得していれば多少なりとわかるもんだが、たった一年じゃあな」

そう剣聖は言っていた。ひたすらの修練と経験、そして何よりも天稟《てんぴん》が物を言うらしい。サティは才能があるようだが俺では経験不足で、適性があるのかどうかすらまだどうとも言えないようだ。

「だが極むればすべての生物、つまり魔物の動きとて手に取るようにわかるようになろうぞ」

それこそが水の理、水流剣の極意だと言う。

まあそれは今はどうしようもないとして、とりあえず目の前の相手だ。どんな技があろうと、剣はたった一本。そしてそれは俺の振るう剣より軽く遅い。ここは先手を打つ。何か対応させてしまえば紛《まぎ》れがある。

一気に踏み込み、力と速度で技を打ち砕く。

開始の合図とともに距離を詰め、素早い攻勢をかけた。最初の一撃はさすがに受け流してみせたアレスハンドロだったが、剣の返しが遅い。俺の二撃目には対応できず、あっさりと倒れた。

よし。ここまではいい感じだ。だが次はいよいよ中ボス。烈火剣のサンザである。こいつも前はエアハンマーで吹き飛ばしているから剣を交えるのは初だ。

現二位。実質オーガのトップである。結局姿を見せなかった元二位は長期離脱で除名されたようだ。まあこいつより強いのだ。いなくなって助かったというものである。

「強いとはわかっていたが、ここまでとはな！」

こいつは嬉しそうだな。俺は全然嬉しくない。

烈火剣は単純なだけあって対処法も限られてくる。そしてどれもこれもリスキーだ。失敗すると攻撃をもろに食らって死ぬ危険すらある。

強化があればパワー勝負に持ち込んで押し切れるはずだが、今まともに打ち合えばまず打ち負けるだろう。

正面からまっすぐ正中を、最短最速で狙う剣は躱すのも簡単ではない。

受け流そうにも流しきれなければそのまま剣を食らう。

間合いはサンザのほうが遠い。

突破口があるとすればサンザの振るう烈火剣は迎撃の技であって、間合いにこちらから飛び込まなければ負けることはないといったところ。まあ勝てもしないんだが。

奥義であるため一撃一撃に相当な負担がかかるから、無駄打ちさせればそのうち動けなくなるだろうが、たぶんその前に俺が食らって死ぬ。

最適解は件《くだん》の水流剣であり無拍子打ちである。サンザが動いたところでできた隙をつく。まあこれもできない。

いやほんとどうするの？　弓とか使っちゃダメかな……

「どうした？　来ないならこちらから行くぞ」

サンザがすり足で少しずつ間合いを詰めてきた。仕方ない。一番勝率の高そうな戦法だ。

サンザと同じ烈火の型。

「ほう。なかなか様になってるじゃないか」

練習したからな。恐らく打ち負けるだろうが体勢が崩れなければ二の太刀は食らわずに済むはずだ。ただしタイミングが重要だ。俺の威力の劣った烈火剣では早くても遅くても、そのまま打ち砕かれて終わるか、崩れたところを叩《たた》かれて終わる。

だがそこで耐えれば回復魔法がある。

「ところでサンザ、回復魔法は？」

「使える」

使えるのかー。まあ仕方ない。知ったところで今さらどうしようもない。やるしかない。

じりじりとサンザが間合いを詰め……間合いに入った。

「ふっ」

我ながら完璧だと思われるタイミングで放たれた烈火剣は双方の中央で激突し、耳をつんざく金属音とともに大きく弾《はじ》かれた。

だがサンザの剣も同様だった。

初撃はほぼ互角。上々の結果だ。

手はおろか腕の骨や肩まで痺《しび》れて動けないが、それはサンザもだ。

間合いを取り構え直す。思ったより弱い？　というか練習相手になっていたサティが強いのか？

サティには一度も打ち勝てなかったし、体重も烈火剣の習熟度も違うサンザにも当然負けるだろうと思ったが、やはり試してみないとわからんものだな。

「覚えたてのお前とほぼ互角とは……修行が足りん」

それに烈火剣も奥義だ。不動のパワーと雷光のスピード双方を使いこなす必要があるだけあって、習得難易度は非常に高いし、だからこそ烈火の型からの一撃しか、サンザは放つことができない。

対して俺は素のステータスに頼って放っているから奥義の発動は気にしなくていいし、常に最高の威力を発揮できる。これは相当なアドバンテージなのだろう。

再び間合いを詰める。打ち負けないならやりようがある。

サンザの顔に、もはや余裕はない。だがこちらとてそれは同じこと。付け焼き刃の烈火剣で、今の一撃は出来すぎだった。もう一度同じことができるかどうか。

いややれる。一度習得した魔法はまず失敗しない。剣もそうだと信じよう。それこそチートというものじゃないか？

サンザが動き、同時に俺も烈火剣を放っていた。双方の剣はまたも弾かれ――

ここだ――【極小ヒール】詠唱――

サンザが俺の回復魔法の詠唱に気がついたところで、手は衝撃で痺れ咄嗟《とっさ》に剣は振るえない。

一拍遅れてサンザも回復魔法を詠唱しようとするが、遅い。遅すぎる。

俺の回復魔法は発動し、手の痺れは残るもののしっかりと構えを取り――

「ぐっ……見事、だ」

俺の持つ最速の技、雷光剣により、どうっとサンザが倒れた。

烈火剣といい雷光剣といい、最高のタイミングだった。やはり剣の習得にも加護の補正があるのだろうか？　運ばれるサンザを見ながら考える。だが当てにはできんな。発動がわかりやすい魔法に対して剣技は相手あってのものだ。

「いや本当に見事だ、マサル。お前の戦いには華がある。前にも聞いたが、ここに残る気はないか？　冒険者より楽に儲かるし、ソードマスターともなれば領地でも名誉でも思いのままだぞ」

楽して儲けて何になる。

「くだらない。ここで戦うのもこれで最後にする」

何もしなければ二〇年後に滅ぶ世界だ。お金儲けなど実に馬鹿馬鹿しい。

俺も常々楽をしたいとは思っているが、何も知らないやつに言われるとこんなに腹立たしいものか。

「ほう。では俺を倒すと？　言ってくれるじゃないか！」

そこまでは言ってない。

「今の俺では無理かもしれない。だが……」

だがこいつを倒すのは、世界を救うよりきっと簡単なことだろう。

第7話　対リュックス戦

世界を救おうなんて考えてみたところで、目の前の一人にすら勝つことができないのが現実だ。

開始からの小手調べ。軽い打ち合いで始まったと思ったら、リュックスが予想外の猛攻を仕掛けてきた。油断していたわけではないが対応が後手に回り、いいのを一撃貰《もら》ってしまった。

追撃をなんとか防いでじりじりと後ろへと下がる。ダメージは動きに影響が出るほどじゃないが、鉄の剣でぶっ叩《たた》かれた久しぶりの痛みに呼吸が乱れる。

「短期間でずいぶんと強くなったようだが、まだまだ俺には及ばんようだな」

初っ端《しょぱな》から普通の打ち合いで負けて、ぐうの音も出ない。

「最初からずいぶんと飛ばすじゃないか？」

言いながら回復をかける。これは見逃してもらえるようだ。

「本気で叩き潰《つぶ》せと師匠から言われてるんでな」

余計なことを。回復はできたので後退を止める。

勝つのはやはり厳しいか。ならばせめて一太刀。そしてさっさと負けて終わらせよう。

無造作に踏み込むが、リュックスは受けの構えのままだ。受け切る自信があるのだろうし、実際リュックスの防御を抜くのは困難極まる。

勝算が薄いのは最初からわかっていた。俺はサティより弱いし、そのサティが恐ろしく苦戦した相手だ。

スピードとパワーで上回るサティの攻撃を受けきり、奥義での反撃。リュックスが奥義の連発で疲弊してようやくの勝利だったのだ。

俺もちょっとは強くなったかと思ったが、その程度では差は縮まらなかったようだ。

リュックスは強い。作戦も何もない。小細工は一切なしだ。

さらにもう一歩。それで間合いに入った。

ほとんどノーモーションからの雷光一閃《いっせん》。だが待ち構えていたリュックスは苦もなくそれを受け流す。

防がれるのは織り込み済み。即座に剣を返しての横薙《よこな》ぎの雷光剣――躱《かわ》された。

流れる剣を強引に引き戻し、反撃する暇すら与えずの三撃目――これもがっちりと受け止められた。

反撃はこない。距離を取り呼吸を整える。

全力を投じた最速の三連撃も通じなかった。まあ崩しも何もなしだと無理があるか。

だが崩そうにも防御は鉄壁。小細工も先読みもあちらが上。頼みの綱の速さも威力もリュックス相手だと不十分。雷光剣も不完全だ。軍曹殿に見せられた雷光剣の瞬発力にはいまだ遠く及ばない。

烈火剣も試してみるか？　でもあれは相当隙《すき》だらけになる。

「雷光三連撃か。少しヒヤッとさせられたぞ」

それでも少し驚かせる程度のことはできたようだ。前回は突発のコンビネーションで俺に負けたしな。方針は間違ってないはずだ。どこかで隙を作って雷光なり不動なりを叩き込む。

作戦を考えていると今度はリュックスがこちらへ一歩踏み出してきた。リュックスから感じる圧が増大する。

「さあ試練の時だ。試練は人を強くする」

芝居がかった台詞《せりふ》とともにリュックスがぐっと体勢を落とす。そして引き絞った弓のように、一気に動いた。

尋常ならざる速度の踏み込みは奥義を発動してのものだろう。通常とは違う急加速に、それだけで防御のタイミングを外された。

かろうじて受けるが、たったの一撃で体勢が崩される。

そして重い二撃目。防御は間に合ったがあっさりと体を浮かされた。体重が軽いとこういうときに踏ん張りが弱くなる。

そして放たれた雷光剣。手本のような三連撃は躱すべくもない。

胴にもろに食らい吹き飛ばされ、地面を転がり、だがそのままの勢いで立ち上がった。

「完全に入ったと思ったが……自分で飛んだか」

剣に合わせて倒れ込んだ。それでダメージは少しは軽減されたはずだが、立っているのがやっとだ。剣こそ手放さず構えてはいるが、完全に致命傷だ。普通の剣士なら。

「ブルーブルーとは違う意味で人間離れしたタフさだな」

追撃してくるつもりがないようなので、ヒールとリジェネレーションでダメージの回復を図る。

一気に傷を完治し、再び戦う力が戻る。倒れていればそのまま終わったはずだ。

いや、ほんと何してんの俺？

適当なところで負けるつもりがあっても、身についた防衛本能が体を突き動かしている。ダメージもできる限り素早く回復しないと耐えきれないほどの激痛だ。

「追撃してたら終わってただろ？」

「せっかく立ったんだ。すぐに終わらせるのはもったいなかろう」

「本気で叩き潰せって言われてるんじゃないのか？」

「倒れた相手に追撃は見た目が悪い。多少は客のことも考えないとな」

それに俺を倒すほどの人ならざる技だ。リュックスのほうも反動はあるようだ。少々息が上がっている。

これを何度か繰り返せばリュックスのスタミナは尽きるだろうか？　だがその前に俺の体力が尽きるか死ぬかするか。

「ずいぶんと息が上がってるな。もう年なんだし無理はしないほうがいいんじゃないか？」

あまり休ませないほうがいいな。

「ぬかせ。そっちこそ顔色が悪いぞ」

だが自覚はないが、俺も今しがたのダメージがかなり尾を引いてるようだ。

「この程度なら何度でも耐えてやる。だから俺に勝ちたければきっちり追撃をするんだな。フランチェスカは倒れる俺に追撃して、確実にトドメをさして倒したぞ」

終わらせるならさっさと終わらせてほしいのが本音だ。追撃を手控えて中途半端に攻撃されては蛇の生殺しだ。

「あの娘、お前に勝ったのか……」

そこじゃない。

「最初の一回だけな。あとは俺の全勝だ」

まあ、ほぼ全勝ってことでいいだろう。

勝ち目のない戦いだ。せめて気持ちだけは負けないように虚勢を張る。

話してるうちに呼吸が落ち着いてきた。休憩はもう十分だ。

どうにかして削り合いに持ち込めば勝機はある。

一気に間合いに踏み込んだ。距離を詰めての剣技の応酬。剣と剣が激しくぶつかり合う。至近距離で手数重視で畳みかければ、奥義を出す隙はないようだ。

そして被弾覚悟で攻めれば、リュックスとて押さえ込むことができた。

だがそれだけだ。やはり防御が固い。守りを崩すにはもっと何かが必要だ。

わざと隙を作ってみせた。誘いではあるが罠《わな》なんて上等なものではない。防御を捨てて攻撃にリソースを回しただけのことで、リュックスがそこを攻撃すればまともに食らうだろう。

それで反撃できればよし。できなくても試合が終わるだけだ。

さらに数合の打ち合い。リュックスは隙を攻撃するそぶりを見せ、だが攻撃することなく引いてしまった。

あからさますぎて警戒されたか。それとも削り合いに巻き込まれるつもりはないのか。

一撃食らえば普通の剣士は回復など望めないのだ。俺のように無茶はできまい。それにリュックスは格上だ。普通にやれば勝てるのだから無理をする必要などない。なかなかうまくいかない。

追撃しようと再び踏み込んだところにリュックスが奥義のモーション。今度は俺が警戒して距離を取る番だ。

追撃は来ない。もしかして脅しが相当効いたか？

いや脅しじゃねーな。実際やるし、やろうとしてた。

「相変わらず無茶をする」

どうせなら無茶に付き合ってくれればすぐに決着がつくのにな。だが思うだけで答えずリュックスを観察する。やはりスタミナに問題があるのだろう。リュックスの息が上がっている。だがそれはこっちも似たようなものだ。休憩はありがたい。

「お前がこれほど粘るとは嬉《うれ》しい驚きだ。やはり二度と出ないとはもったいない。ここにいる間、たまにやらんか？　賞金は弾むぞ？　なんならこの前みたいに儲《もう》けを半分回してもいい」

一考の余地はあるだろうか？　居留地のほうではお金が足りてないとアンに話を聞いたばかりだ。賭けはかなりでかい額が動くから、半分貰えるのは大変に美味《おい》しい。

「受けてくれるなら今日の儲けも全額やろうじゃないか」

「えらく太っ腹だな。そんなんじゃ儲けが減るだろう？」

「強い剣士がいれば人は増える。客もいい剣士もな」

どうせビエルスにいるのもヒラギス争奪戦が始まるまで。何回か出るくらいはいいか？

「受けた」

早すぎる前言撤回であるが、やはり目先のお金も大事だ。今日の賞金はアンへのお土産にしよう。休みを取ってアプローチする前に、獣人ちゃんたちの好感度をちょっとでも稼いでおくんだ。

「報酬はたっぷりだ。簡単に倒れてくれるなよ？」

さて、棚ぼたでお金が手に入ったが、問題はここからだ。

いや、そもそもこれを棚ぼたって言っていいものか？　目の前で剣を構えている問題はこれっぽっちも解決していない。

ほんと、どこが楽に儲かるんだか。

ここまでやれれば上に上がれるのはもう確定だろうし、負けて賞金が減るわけでもない。これは勝っても負けてもいい戦いだ。

だがそれはリュックスとて同じこと。だからこそこれは純粋な意地と意地のぶつかり合いだ。

「もう勝ったつもりか？　そろそろ俺の本気を見せてやろう」

むろんハッタリである。

それで意地になってがんばってはみたが、勝てないものはやっぱり勝てない。現実は厳しい。

普通の攻撃なんか当然のように通じないし、奥義モドキもカウンターも相打ち狙いもことごとく回避された。

攻撃を貰っての回復魔法すら囮《おとり》にしてみたのだが、回復するならご自由にとまったく引っかかりもしない。手の内を見せすぎて罠が罠たり得ない。

俺が攻撃を食らう度に闘技場に歓声があがり、それでも止まらない俺にどよめきが起きる。

やったか!?　じゃねーよ！

どうやらハッタリが効きすぎたのか、リュックスは相当慎重にちまちまと削ってきた。どれも決して弱い打撃ではなかったが、覚悟を決めれば案外耐えきれるものだ。

多少食らっても反撃を優先したせいで、リュックスの攻撃が浅くなったのもあるのだろう。

だが傷を回復できたところで受けたダメージ分のスタミナは容赦なく削られ、動きは徐々に落ちていく。足の踏ん張りは怪しくなり、とうとうまともにリュックスの剣を食らってしまった。

倒れた俺を闘技場中の客が固唾《かたず》を呑《の》んで見守っている様子だ。

「どうだ？」

倒れた俺にリュックスもなぜか疑問形である。確かに回復してすぐに立ち上がることはできるが、逆に言えば回復しないと立ち上がることすら困難な状況だ。どう見ても完璧にダウンして決着はついてる。

もしこれで回復して立ったら続行すんのか？　あり得ないだろう!?

「無理」

倒れたまま言う。何をやっても通用しないし、体力も限界だ。心がぽっきり折れた。

それを受けてようやくリュックスが勝ち名乗りをあげ、闘技場が沸き立った。

戦えてなかったわけではない。そこそこ見られる勝負だったのは客の反応からもわかる。だが何か一手、届かないのだ。俺程度が打つ手はことごとく見切られていた。

何度も倒れそうになるのを堪《こら》え、リュックスの妨害を凌《しの》いで回復し、よく耐えたと思う。

高位回復エクストラヒールで一気に治療を完了し、よっこらしょと立ち上がる。

「疲れた。賞金をくれ。今日はもう帰るわ」

「これだけやって疲れただけかよ……だがまあよくやった。客も満足しただろう。次も頼むぞ！」

次か。まあ約束だしな。

「ヒラギスに行く前に、お前ともう一回やっておきたいな」

さんざんいたぶってくれた礼はせねばなるまい。

「リベンジか。いいぞ。何度でも受けてやろう」

余裕だな。まあ今日は完封だったし。

「だが奥義はそう簡単に習得はできんぞ？」

ふむ。強化のことを考えてたのだが、そっちもあるのか。強化と奥義で二段階パワーアップすれば、リュックスはもう敵じゃないな。

「そういえばこの前、力が制限されてるって話をしたよな」

「ん……？」

「実はまだ制限中だ」

ニヤリと笑って言う。

「おい嘘《うそ》だろ」

「ほんとですよ。ここに来る前はわたしよりマサル様のほうが強かったんですから」

やってきたサティの言葉でリュックスが愕然《がくぜん》とした顔になるのを見て少し気分が晴れた。

「サティ。帰るからみんなを呼んできてくれ」

「はい」

さすがに足元がふらつく。これは今日明日はまるっと休みだな。

あー、そういえばどっか外に食いに行こうって言ってたっけ。

ここの屋台か、それかすぐそこにオーガの食堂があるな。選手専用だけど、今日は俺が主役だしみんなを連れていっても文句はなかろう。

無料の割には美味しいって話をしたら、ティリカが一度行きたいって言ってたしちょうどいい。

「なあ、力の制限ってなんだ？」

少しして、賞金を持ってきたリュックスがお金の入った皮袋を渡しながら聞いてきた。中を確認すると金貨がぎっしりと詰まっている。がんばったかいがあったというものだ。

「奥義だって門外不出だろう？」

明日になればわかることなのに奥義の習得法に関しては一切教えてくれないのだ。

「師匠には教えたが、ちょっと特殊でな。その師匠ですら習得に難儀してるから、教えても意味がないし、まあそのうちな」

「おいおい。じゃあ師匠が習得できたらあれ以上に強くなんのかよ!?」

「どうだろう。なにせ特殊だから」

下手したら倍くらい強くなるかもな。考えるとちょっと恐ろしいわ。

だがまあ、加護はそう簡単には……

サティがみんなを連れてオーガ闘技場のゲートに現れ、こっちへと向かってきている。

そっちを見てふと違和感を覚えた……メニューが開いている。

誰だ？

ミリアム。獣人で例のハーレムを集めてくれた娘だ。清楚《せいそ》な女子大生っぽい雰囲気で俺のお気に入りでもある。

今の戦いで何か思うことがあったのだろうか？　あとで呼び出して聞いてみよう。

「そうだ、リュックス。うちのみんなでオーガの食堂を使っていいか？　ありがとう。よし、みんな飯にしよう。今日はリュックスのおごりだぞー」

ミリアムの育成計画を練らないとな。それと他の娘の面倒を見ることも考えないと。

だがこんなところで加護の話もないし、とりあえずご飯だ。

それで今日の賞金を渡してヒラギス居留地のためにがんばったんだって言えば、もう一人くらいメイドちゃんが増えないだろうか。

第8話　新たな加護持ち

ビエルスの道場屋敷に戻ってお風呂に入り、ささくれだっていた神経がようやく落ち着いてきたのを感じた。

お湯に浸《っ》かってサティを抱っこしてじっと温まっているのがこの世で一番落ち着く。次点はアンのおっぱい。

「このあとはどうします？」

俺の手を一心にもみもみしてくれていたサティが不意に言った。まだ正午を過ぎたばかりくらいだ。エリーとアンとティリカはもう出かけてしまった。二日も丸々休めるほど暇ではないようだ。

温かいお湯で体を休めていると、正直もう何もしたくない気分だ。このままずっとお湯に浸っていたい。

「少し剣の練習をしませんか？」

さすがに今日は剣とか見たくないぞ。

「サティは師匠からしっかり休めって言われてるだろ？」

奥義の習得は相当に厳しいらしい。夜のお相手も今日は遠慮したほうがよさそうだ。

「ちょっとくらいなら……」

俺とサティがやると軽くでも相当な運動量になってしまう。それじゃ休めない。

「ダメだって。それよりもお風呂から出たらミリアムを呼んできてくれないか？」

「ミリアムちゃんですか？」

「うん。実は加護が付いてた。まだ内緒だぞ」

「わあ。でもどうして内緒なんですか？」

喜びの声をあげたサティがすぐに首を傾《かし》げた。

「まずはちょっと話をしたくてな。ほら、加護が付いたってわかったらそれどころじゃないだろ？」

メイドちゃんたちとはあまり個別に話をする機会がなかったし、一度じっくり話をしておきたい。

ミリアムもだが、俺も心の準備が必要だ。

「そうですね。呼んできます」


お風呂から上がってすぐにサティがミリアムを呼びに出て、入れ替わりにミリアムが小走りでやってきたのがわかった。

「ミリアムです。お呼びですか、マサル様！」

どうぞと部屋に招き入れると嬉《うれ》しそうに俺の前に立つ。尻尾がぶんぶんと激しく振れている。

「ちょっと話がしたくてね。ここの生活には慣れた？」

「はい。たくさんごはんが食べられて毎日楽しいです」

ヒラギスが陥落して半年以上。ここに来た当初、獣人ちゃんたちは相当にやせ細っていた。実際ヒラギス居留地では餓死者が出る寸前だったのだ。

それが多少ともふっくらしてきただろうか。髪や肌もきちんと手入れが行き届いているし、顔色はとても良くて元気そうだ。

「それにエルフの方々がたいへん良くしてくださるんです」

やせ細っていたのはどうしようもないとしても、獣人ちゃんたちはちょっとひどい有様だった。風呂は俺が設置したときの一回だけだったし肌や髪の手入れなんてやりようもない。そのうえ服は着の身着のままでかなりみすぼらしい格好だった。

俺たちはその辺わかっていたが、気合を入れてやってきたエルフは顔合わせで驚いていたし、獣人ちゃんたちも上品そうなエルフと同僚となって働くと聞いて相当びびっていた。

そのエルフの最初の仕事は獣人ちゃんたちの世話だった。お風呂で隅々まできれいに洗い上げ、頭のてっぺんから爪の先までぴかぴかに磨き、仕事着《メイド服》の他にも見栄えのする服を取り揃《そろ》えさせた。

ついでに家事はもちろん、礼儀作法まで仕込み中というから双方とも大変だったろう。

家事のほうは食事の準備が大変なようだ。なにせうちは俺が美味《おい》しいものを食べたがるから食材も調理法も庶民とはかけ離れているし、元々の消費量が多いうえにいきなり一〇人増えた。みんな同じものを食べるから毎食相当な手間である。

そういった細々《こまごま》したことをミリアムに話してもらった。エルフとはうまくやれているようだ。

「ああ、適当に座っていいよ」

俺はベッドに腰掛けているが、ミリアムを立たせたままだった。

「えっと、はい」

ミリアムは少し部屋を見回すと、俺の目の前で跪《ひざまず》いた。椅子はもちろんあるし、部屋は板間できれいに掃除はしてあるが、一応土足である。

「椅子とかもあるけど……」

「いえ。私などここで十分ですので！」

この部屋も絨毯《じゆうたん》に替えるかなあ。

不動産屋からこの道場を譲り受けたとき、俺の部屋は二部屋ぶち抜きで広くして、さらに小さいお風呂をつけて便利に過ごせるようにはしたが、長期滞在は考えてなかったので家具とかは最低限だった。

絨毯って手織りだからかなりの高級品なんだよね。畳があればよかったんだけど。

「剣の修行はどんな具合だ？」

気を取り直して話を続ける。通常の仕事を覚えるのも大変だったろうに、そのうえ俺は剣と弓を覚えるようにとの指示をしていた。新入りのメイド部隊はお隣の剣術道場で稽古をつけてもらっていて、さぼりがてら様子を見に行ってはいるが、実際本人たちの口からどんな風に思っているかは聞いたことがない。

ここへ来て二週間ほど、さぞかし忙しい毎日だったろう。考えてみるとちょっと過重労働だったかもしれない。

「剣も弓もぜんぜん上手にならなくって……」

ミリアムは俺の質問にうなだれて答えた。

「まだ始めたばかりだしな」

「センセイもそう言うんですけど、私には向いてないんじゃないかって」

まともに戦える獣人は死ぬか兵士に取られるかしてほぼ残ってなかった状況だ。実際に戦えるようになるとは期待してなくて、加護が付くにせよ付かないにせよ、剣の本場ビエルスで基礎を学ばせるのは無駄にはなるまいと考えてのことだ。俺といると今後何が起こるかわからない。

「俺も始めたばかりの頃は剣は向いてないと思ったよ」

そもそもが剣にせよ魔法にせよ、高レベルとなると一部の才能のある者だけが行ける世界な気がするな。

「マサル様がですか!?」

まあ驚くのもわかるけど。

「俺もサティも前衛向きの体格じゃないだろ？　現に今日は負けたし、加護は無敵でも万能でもないんだ」

「はい。今日の試合でアンジェラ様が青い顔をしてらっしゃいました」

俺ももっとスマートに戦いたいのだが、力が足りない分は体を張るしかないのが現状だ。

「それでも適切に使いこなせば加護は強力だ」

さてここからが本題だ。

「もし加護が貰《もら》えたら、ミリアムはどうしたい？」

「マサル様に全部お任せします」

ミリアムは即座にそう答えた。そういう回答も予想しないではなかったが、さすがに何もかも俺が決めるってわけにもいかないだろう。

「でも何かやりたいこととかあるだろ？」

俺の言葉にミリアムはしばし考え込んだようだ。

「私は……なんの価値もない人間なんです」

少しためらったあと、そんな風に話を始めた。だが言葉と裏腹に表情は明るい。

「戦えもしないし頭も良くない。お金を稼ぐこともできずに、ただ餓《う》えて死ぬんだって思ってました」

ヒラギスが壊滅して半年。居留地では年寄りや幼子は毎日のように死んでいき、死は日常だったという。

「マサル様が来る前、商人をつかまえて聞いてみたことがあるんです。私はいくらくらいで売れそうか。それはもうがっかりするような値段でした」

聞いた値段は確かに破格の安さだった。なんの技能も力もない獣人など値段がつかないほどあふれていたのか、それとも足元を見られたのか。奴隷としても最低限の値段しかつかない、ミリアムの言った価値のない人間というのは文字どおりの意味だった。

「でも飢え死にするよりいいかと思ったし、そのお金で仲間が助かるならって」

仲間といっても、聞いた話では家族はすでにいないはずだ。

しかしその決断すら勇気を出せずに引き延ばし、時間だけが過ぎる。じりじりと状況は悪くなっていく。

俺が来た頃にはもういっそ何もせずに死んだほうが楽かもしれないと思うようになったという。

その気持ちはわかる。だらだらしてるうちに現状を打破する気力すらすり減ってしまったのだろう。そしてそこに俺がやってきて食料と金の大盤振る舞いをしたと。間に合ってほんとよかった。

「だから私を救ってくれたマサル様に、すべてを捧《ささ》げようと思ったんです！」

しかしそれにしては加護が付くのに時間がかかったな。何がダメだったんだろう？

「でもすぐにいなくなっちゃってどうしようかと思ったら、エリー様たちからお話があって、これでやっと恩返しができるって思ったんですけど……」

ミリアムの声が尻すぼみに小さくなった。今のところなんの役にも立ってないのが残念なのだろうか？

「あの、こんなことを聞くのはどうかと思うんですが……」

「遠慮はいらない。気になることは今のうちになんでも言っておけ」

「マサル様も死ぬんですよね？」

確かにこんなことを聞くのはどうかという話だな。俺は別に気にしないが、他の人にはちょっと聞けないだろう。

「そりゃ普通に死ぬ。今日も結構危なかったし」

リュックスに最初に食らった一撃。相当吹っ飛ばされたもんな。真剣なら恐らく真っ二つだったろう。

「リリア様がおっしゃってました。マサル様があのような戦いをせずとも済むよう我々が力をつけ、助けなければならないって」

Aクラスの冒険者でお金持ちでたくさんの女の子を側《そば》に侍《はべ》らせ、しかも貴族（予定）で神様の使徒で剣聖ですら配下にしてしまう。ミリアムはそれこそ俺のことを神のごとく思っていたようだ。

だがリュックスとの戦いで青い顔をしているアンを見て、リリアの言葉を聞いて思った。もし万が一にも俺が死んでしまえば、何もできないまま終わってしまう。それは大地が崩れ去るような衝撃だったという。

「もし加護がいただけるならマサル様がすべてお決めください。何をさせたいかおっしゃってください！　なんでもします！」

ああ、椅子に座らずに跪いたのもそのせいか。祈るような姿勢。忠誠心より信仰心のようなものを俺に対して抱いていたのだろう。だから対等に座るなどとんでもないと。

ある意味、初日のサティよりめんどくさいな！

加護のことを教えたのはやはり失敗だったのだろうか？　それは俺に対する忠誠より信仰心や依存心を強くしたのかもしれない。

だが俺が死にそうになるのを見て、ようやく危機感が募った。そして俺個人を意識するようになった？

「いいだろう。だけどすごく大変だぞ？」

「どこまでもお供します！」

考える時間はたっぷりあったはずだ。迷いはないのだろう。これ以上の問答は不要どころか無粋だな。

たしかミリアムのステータスは、器用さが少し高い程度で力と素早さは低め。魔法への適性も獣人だからもちろん皆無。体格からすると戦士にも向いてなさそうだが、それは俺もサティもだし、加護でどうにかなるだろう。

「む、胸が気になりますか？」

体格を見ていたのだが、上から見下ろすと胸の膨らみが嫌でも目に入るのだ。まあもちろん気になるか気にならないかでいえばとても気になっていて、ついつい長めに見てたんだが、目線でモロバレだったか。

「私みたいなのでよければいつでも……」

そう言ってミリアムは恥ずかしそうに自ら服を少しだけずり下げた。今日の服は清楚《せいそ》なワンピース。露出はないが、体のラインははっきりとわかる。

「んーむ」

しかしここでいきなり手を出すのもどうなんだろう？　そこら辺の判断のため、話をするのに呼んだのだ。誘惑されて即ってのもさすがに節操がなさすぎる気がする。

そういえばサティが戻ってこないな。気を利かせたか？

「す、すいません！　私などが奥方やエルフ様方を差し置いてお相手なんて身のほど知らずでした」

俺が返答に迷っていると服の乱れを直し、しおしおと弁解を始めた。

「まあ落ち着きなさいよ」

「はい。その、サティ様からしばらく邪魔が入らないようにするって言われたので、そういうことかなって」

「なるほど」

今日はほんとに話すだけのつもりだったんだけど、ここまでされてムラムラしないわけがない。加護が付いて手を出すのは確定だったし、その気で来た娘に恥をかかすこともない。邪魔も入らないようだし。

「じゃあ立ってこっちへ。ここに座って」

しょんぼりしてるミリアムを立たせて、ベッドに座らせる。

「そういえば最初に会ったときはもっとしっかりした感じだったような？」

物怖《ものお》じしない、はきはきした感じだった。

「まさか使徒様だとは思わなくて」

「まあでもそこは気にしないで最初みたいに接してくれるとありがたいんだけどな」

「ど、努力します」

まあ、おいおい慣れてくれればいいか。

「あっ」

俺が隣に座るミリアムの頬《ほお》に手を伸ばすとかわいらしく身をすくめた。

これからエロいことをするわけだが大事なのはムードだ。

ちゃんとムードを盛り上げてからヤレとエリーには何度か注意されていて、だから余裕のあるときは色々と女の子が喜びそうなことを言ってみている。

かわいいとかきれいだとか愛してるとか、いつもはそんな簡単な言葉だけど、今日は初めてだしもうちょっと真面目にやってみよう。

「約束を覚えてる？」

「はい。必ず戻ってくるって」

「そして誠心誠意相手をする。修行が大変で時間がかかったけど、あのときの約束を果たすよ」

「よ、よろしくお願いします」

顔を真っ赤にしたミリアムをゆっくりとベッドへと押し倒す。

ワンピースは脱がすのは簡単そうだが、それは最後。まずはそのままでじっくり楽しませてもらおう。

そういえば加護のことを話してなかったがまあいいか。ここで話していい流れを止めたくない。

「ひゃっ」

つんつんと触るたびにミリアムはいい声で鳴くのですっかり楽しくなってきた。

これだよ、これ。これこそ生きる喜びというものじゃないか？

■■■■■■■■■■

そろそろ夕食の時間のようだ。食堂に人が集まり始めている。

「めっちゃ恥ずかしいです……」

ご飯を食べに部屋を出ようと声をかけると、そう言ってミリアムがぐずった。

まあ気持ちはわかるが、いつまでも隠れているわけにもいかないし、これだけ長時間篭《こ》もっていたのだ。声も漏れてただろうし、どうせバレバレである。

それに加護が付いたお披露目も必要だ。まだ本人にも言ってないし、驚く顔を見せてもらおう。

ミリアムを引っ張って部屋を出るとほどよい時間だったようで、配膳を手伝おうとするミリアムを俺の隣の席に座らせる。

ちらちらと興味深げな視線はあるが、特に何か言われるわけでもない。シモネタは主に俺のいないところで、女の子だけで密《ひそ》かにやり取りされるのが我が家の通例である。

「みんな揃ったな？　夕食の前に発表があります」

準備ができてメイドたちも含めて皆が席についたのを見計らってから言う。

じゃないと俺とリリアとサティだけが座って一〇人が給仕、なんてことになってしまうのだ。

「ミリアムに加護が付きました」

加護の話はメイド部隊に対してはオープンにしている。

メイドとして俺たちの生活全般をフォローしてくれているのに隠し事をするのは難しいし、もとよりエルフには神託だなんだとバレている。

加護の詳細に関しては話したことはないのだが、リリアの強化っぷりからそのあたりも公然の秘密めいたことになっていて、今さら詳細を隠したところでさほど意味はない。

それで獣人ちゃんも一緒に働くうえで、エルフと同等の情報を共有してもらっているのだ。

一気に秘密を知る者が増えたリスクはあるが、結果こうして加護持ちが増えたのだから間違った判断ではなかったのだろう。

「「「おおー」」」

「えっ……ええええええっ!?」

驚いてる驚いてる。

「なんと！　うちのエルフは？」

「まだだなあ」

「むうう。念入りに選抜したというのに、なんと不甲斐《ふがい》ない」

「そう簡単に忠誠心なんて上がるもんじゃないみたいだな」

「ミリアムはどうやったのじゃ？　やはりアレか？　やらないとダメか？」

リリアはぶっちゃけすぎ。ミリアムが恥ずかしそうに俯《うつむ》いてるよ。

「違う違う。加護が付いたのは今日の戦いを見てだな」

さっき考察したことをリリアにも説明する。恐らくこのシステムにおいての忠誠というのは、その忠誠の対象を深く知ることが必要なのだろう。

そう考えると、エルフに加護が付かないのもなんとなくわかる。信仰心に不足はないのだろうが、焦点が俺個人に当たってないのだと考えられる。

「たぶん俺があまり構わなかったのが問題じゃないのかな。交流不足だよ。おっと、料理が冷める。先に食べようか」

食べながら話を続ける。

「心理的に距離があるっていうか、遠慮があるんじゃないだろうか？」

そういう意味で言えばヤッてしまうのは手っ取り早い手段なのだろう。

ミリアムは俺が死にかけたのを見て、リリアが助けねばならんと言うのを聞いて、俺のことを信仰の対象から自分が助けるべき相手なのだという風に心理状態がシフトした。

「なるほどのう。それを踏まえて選定基準を見直してみるか？」

リリアが言う。俺としてはメイド業務がメインで加護はおまけみたいなものだと感じているのだが、エルフにとっては逆だろう。もしリリアが人員の入れ替えでもと考えているなら……

「お待ちくださいリリア様。この私、いつでもマサル様に忠誠を捧げる準備はできております」

俺が何か言うより前に、エルフの中でもリーダー的存在のルチアーナが声をあげた。

このエルフさんはここへ来ると、アン不在でとっちらかりそうになっていたビエルスの我が家をあっという間にまとめ上げたメガネの似合いそうな才女である。

「ほう。じゃが……」

「マサル様は忠誠を捧げるに足るお方。今日自らの目でそのことを確かめることができました」

そう言うと食事を中断して俺の側に跪いた。

「私はあまり人好きのする性格ではありませんし、捧げるに足る何かを持っているわけではございません。ですがこんな私のせめてもの忠誠、お受けくださいますでしょうか？」

ルチアーナは少々きつい眼差しで近寄りがたい雰囲気があると最初は思ったが、時々笑うとハッとするほどかわいらしい表情を見せる美人さんだ。

エルフにしては魔力が低いのがコンプレックスなのだが、その分料理をはじめ、家事は完璧にこなすし、数字にも強く家計管理まで手広くやってくれる得がたい人材だ。

「ルチアーナはとてもかわいいし、家の中のことを取り仕切ってくれて助かってる。この先ずっと俺に仕えてくれるというのならとても嬉しい」

俺が手を伸ばすとその手を取り、騎士が姫にするように俺の手にそっと口づけをした。

うお!?　メニュー出た……マジかよ。しかもいきなり忠誠が60もある。

「あー、えっと。ルチアーナに加護が付いた」

何か気の利いた言葉でも言おうと思ったのだが、驚きでそれだけ言うのが精一杯だった。

「ありがとうございます。これで加護が付かなければ自害する覚悟でした」

ルチアーナがホッとした表情で言った。

自害とかちょっと怖いよ！

「いやいやいやいや、別にそこまでする必要は全然ないからね？　加護が付けばそりゃいいだろうけど、今のままでも助かってる。他の娘《こ》たちも身の回りの世話をしっかりやってくれて、ほんとありがたく思ってるんだよ？」

「とりあえず二人の育成を考えるとしようかの」

そうマイペースにリリアが言った。メイドちゃんたちへのフォローはおいおいだな。まずは新しい加護持ち二人の扱いを考えないと。

「そろそろ狩りも再開したかったし、エリーが戻ったら相談しよう」

しかしスケジュールを楽にしようと相談したばかりなのに、ヒラギス戦までに二人を仕上げようと思ったら結構な強行軍になりそうだ。

「でも私に加護を持つ資格などあるのでしょうか？」

リリアと狩り場について相談していると、ミリアムがぼそっと呟《つぶや》いた。

資格か。俺にもそんな資格があるとは思えない。きっともっと有能で高潔な人物がやれば事態をはるかにうまく運べるんだろう。

だけど神様は俺を選んだ。たぶんたまたまなんだろうな。

「俺だってそんな資格はたぶんないよ。神様も適当に選んだんだろう」

「マサルはよくやっておるではないか。エルフを救い、厳しい剣の修行によく耐えておる」

「でもやれることはやって、あとは楽しく生きられればいいんじゃないかって俺は思うよ」

神様は最初から好きにやればいいって言ってたし、今まで文句が出たこともないしな。

「そうじゃぞ。一国を救えるほどの力を振るえるのじゃ。これほど楽しいことはあるまい？」

何が楽しいかは人それぞれ。俺が口を出すことでもない。

「ミリアムよ、迷いがあるなら今はただ強くなることを考えよ。先のことはそのときにまた考えればよいのじゃ」

「はい、リリア様」

リリアは人生楽しそうだな。王族に生まれて何不自由なく育ち、エルフの里の危機はあったが無事乗り切り、俺たちを連れてきた功績で英雄となったうえ、加護でパワーアップ。

サティはどうなんだろう？　他のメンバーはちゃんと自己主張して、やりたいことをやってる風だが、サティは人生を楽しめているのだろうか？

「サティはいま楽しいか？」

「はい。わたしはマサル様と会ってからずっと楽しいです！」

「そうか。ならいい」

それだけでも異世界《こっち》へ来て苦労をした甲斐《かい》は十分あったというものだ。

第9話 奥義開眼

「あはははははは！」

サティが高笑いをしながらブルーブルーに猛攻を加えていた。

「サティ、もういい！　戻れ！」

「でもっ！　ほらっ！　ほらっ！　すごいですよっ！　こんなにっ！」

サティの限界を超えた動きにブルーブルーはついていくことができずに、防御こそ抜かれてはいないが防戦一方である。サティに押されてあのブルーブルーが後退すらしている。

これが奥義の力。

「もう十分だ。なんとかして止めろ！」

剣聖が叫ぶ。だが興奮状態で俺の制止も聞かないサティをどうやって？

事の始まりはほんの少し前のこと。強力な奥義の習得だ。一体何をやらされるんだろうと内心びくびくしながらサティについてきたら、目の前に置かれたのはコップに入った液体状の何か。ひどく怪しげな色と香りである。

「これは狂化薬という。強制的に体の動きの制限を取り払うことができる薬だ」

薬を持ってきた剣聖がそう説明する。少々拍子抜けはしたが、妥当な方法ではあるな。でなければば加護持ちとはいえ、特殊な能力も特別な素質もない俺やサティではそうそう習得できるとは思えない。

「かなり危険でな。力を制御しきれなくなって体が壊れることもあるし、理性をなくし凶暴になって暴れまわることもある。処方を間違えればそれだけで死ぬこともある。はっきり言ってしまえばこれは毒だ。今日の体調は問題ないな？　少しでも疲労や具合の悪さがあれば中止だ」

何か落とし穴があるのだろうと思えば毒か。確かに薬を飲むだけで強化ができるならもっと奥義持ちが増えてもいいし、方法が広まっていてもいいはずだ。

使用している成分の一つは、毒でなおかつ中毒性もあって帝国では使用が禁止されているという。ダメじゃんって思ったが、ここは魔境。帝国の法の及ばない地域だと剣聖が主張する。これは色んな意味で表沙汰にできないな。

「だからきちんとした修行を経てからでないと飲ませられんし、薬の取り扱いも慎重にせねばならん。だから門外不出にしておる」

手軽に強くなれる薬だってんで、危険だとわかっていても手を出すやつは多そうだ。

そういえばサティたちの修行の面倒を見てくれているデランダルも俺たちのパワーを見て何か薬を飲まされたかとか聞いてきたし、リュックスも薬がどうのと言ってたな。それもこれも狂化薬のせいか。

今日は薬で限界を一時的に取っ払ってその感覚を体で覚え、あとは自力で限界を超える術《すべ》を修行で体得するのだという。薬を使うのは一回きりだ。

「本当ならサティにはまだ早いと思うのだがな？　リュックスに勝ったのだ。致し方あるまい」

剣聖にも迷いがあるようだ。本来なら十分な力量といえるのだが、サティは加護で力を底上げしているし、年齢も若い。そこらの判断が難しいらしいのだが、本人が望めばあとは自己責任だ。

「もし制御しきれなくて暴れるようなら、取り押さえて解毒魔法をかけるのだ。よいな、マサル？」

こうやってたっぷりと危険を説明されたのだが、サティはなんの躊躇《ため》いもなく薬を飲んだ。

そして狂化状態で体を動かせるようになると、最終的な試しとしてブルーブルーと相対した。

最初のうちこそ剣のコントロールに苦労していたが、すぐにコツを掴《つか》んだのかブルーブルーと互角、さらには圧倒する動きを見せ、突然のあの高笑いである。

「それ以上動くと体がぶっ壊れるぞ!?　サティ、戻れ！」

普段を上回る動きは肉体に相当な負荷があるはずだ。呼吸も荒く、汗もほんの短い間で尋常じゃないほど。狂化薬の影響で精神は高揚し苦痛も感じず、こうなってしまえば限界を超えて体が動かせなくなるまでもう止まらない。

「だめです。こんな危険な人、放置してはおけません！　そして次はリュックスさんです。わたしがどうなろうともマサル様を傷つけた人はすべて排除します！」

そう言って再びブルーブルーに向かっていく。俺が言っても止まる様子がない。もはや強硬手段しかないと、待機していた弟子たち全員が臨戦態勢になった。

だがその前にもう一手できることがある。要は解毒魔法をかけてしまえばいいのだ。

広範囲解毒魔法詠唱――試したことはないが、範囲治癒と要領は同じはず。魔力消費は少ないから詠唱にも時間がかからない。弟子たちが包囲を狭める前に――だが詠唱が終わる間際、ちらりとこちらを見たサティが大きく動いた。

解毒魔法発動は、一気に範囲外へと移動したサティにあっさりと回避された。俺の動きを読まれたのだ。

そのうえ多勢に無勢は分が悪いと感じたのかそのまま逃走にかかり、弟子たちの包囲網を突破しようとしている。向かう先はオーガの闘技場の方向。

「まずい。このまま薬の効果が長引くと……」

剣聖が焦ったように言う。体もだが薬毒は頭にも影響がある。

最悪、生ける屍《しかばね》だ。

サティがぶっ壊れるのが先か、リュックスがやられるのが先か。

「サティ！」

俺の叫びにもちらりと視線を送ったのみで、弟子たちの捕まえようとする動きを冷静に躱《かわ》していく。動きが速すぎて誰にも止められない。

まずい。森に飛び込まれては追跡が一層困難になる。

俺も追いかけようとして思い留《とど》まった。

何を走って追いかけようとしてんだ、ここはフライだ。

だが追いつけはするだろうがサティには聴覚探知がある。本気で逃げられると捕獲は容易ではないだろう。

サティじゃなくてリュックスを捜せばいいのか？　あの様子ならリュックス以外に手は出さない程度の理性は残ってそうだ。

サティを追いつつ、リュックスを見つけて先回りをする。そして解毒魔法だ。

くそっ、こんなことなら無理を言って全員で来るんだった。久しぶりに胃がキリリと痛む。

「お腹痛い」

「腹が痛いとか言ってる場合か！　マサル、急いで追うぞ！」

剣聖の言葉に頷《うなず》く。急がないとサティが探知外に……

そう思ったが森に飛び込もうとしていたサティの動きが止まっている。これはまさか？

「お腹がすっごく痛くて倒れそうだ！」

ダメ元で大声で俺が叫ぶ。

剣聖が何を言ってんだこいつという顔で俺を見るが、サティが反転してものすごい勢いでこちらへと向かってきた。

やはり正常な判断力がなくなっている。いくらサティでも、ここまであからさまな仮病にひっかかるはずがない。

「だ、大丈夫ですか!?」

あっという間に俺の前にたどり着くと手にしていた剣も放り出し、息せき切ったサティが言う。

「胃がキリキリと痛む。回復魔法をかけてくれないか、サティ？」

「あ、回復魔法……」

だが興奮状態で呼吸も荒く、うまく魔力の集中ができないようだ。

手間取ってるうちにひっそりと後方に立っていた剣聖の解毒魔法が発動した。

すうっと倒れるサティを受け止める。自分の魔力操作に集中したせいか、それとも判断力が低下していたせいか、どちらにせよあっさり魔法にかかってくれて助かった。

「大丈夫ですかね？」

サティは気を失っているようだが、まだ呼吸も乱れているし悪夢でも見ているがごとく唸《うな》り声をあげている。

「この程度の短時間なら心配なかろう」

薬の侵食が進み体が動かなくなってくると危険らしいのだが、サティはまだそこまで達してなかったようだ。ほんと助かった。

「それでも今日明日くらいはろくに動けんだろうし、ゆっくりと休ませてやれ」

とりあえず回復魔法をかけてやると、腕に抱えているサティが身じろぎした。解毒ももう一回やっとこう。

「サティ？」

「う……」

目を覚ましたサティがぼんやりと俺を見上げるが、すぐにハッとした様子で目を見開いた。

がばっと身を起こし、立ち上がろうとしてへたり込んだ。

「あ……あああああああああぁぁ……」

最初大きかった喚《わめ》き声はすぐにか細く消え、俯《うつむ》いて両手で顔を覆ってしまった。

「わたし、なんてことを」

小さい声で言う。大暴れしたことは完全に覚えているようだ。

「そんなこたあどうでもいい。限界を超えた感覚は覚えているか？」

被害はなかったにせよリュックスの身はかなり危なかっただろうけどな。奥義なしでもほぼ互角だったのだ。今のサティに襲撃されていればどうなっていたことか。

「は、はい」

再び立ち上がろうとしてパタリと倒れ込んだ。

「無理はするな。しばらくつらいぞ」

その剣聖の言葉どおり、サティが体を丸めうめき声をあげた。

「からだじゅう、すごくつらいです……」

解毒できたとはいえ、毒を摂取して動き回っていたのだ。限界を超えた負担に加え、全身に相当なダメージがあるはずだ。

「受け答えもしっかりしておるし、体も動いておったな。まあ二、三日じっとしておれば大丈夫であろう」

だがサティはいまだ涙目だ。

「誰も怪我一つしておらんし、お前は自分で自分の身を破滅させようとしていただけだ。無差別に襲いかからなかった分、理性が残っていたほうだな」

それで奥義を習得済みの連中は待機中も遠巻きだったのか……

剣を持たせて戦わせる段階になると暴走することが多いらしいのだが、奥義を習得するのには狂化状態で戦わせる必要があるのだろう。次から捕獲しやすいように最初っからロープをつけておくとか、捕獲用のネットを用意するとか提案してみるか。

「ご、ごめんなさい。ほんとにごめんなさい」

剣聖の言葉にもそう震える声で答えるのみ。

サティはとても真面目に生きてきたから、やらかしに耐性がないのだろう。

「この程度気にするな。奥義の習得ができればそれが何よりだ」

剣聖もそうだと言って頷くと、ようやくサティもそちらへと意識を向けたようだ。

もう一度立ち上がろうとするのを止めて抱え上げた。

今日のところは家に帰ってゆっくり休ませよう。

サティは丸一日で起き上がれるようになり、その数日後にはすっかり回復した。心配していた後遺症もないようだ。

そしてまともに動けるようになると剣聖の許可を得てすぐに奥義を使ってみせた。

雷光の型から繰り出される剣速は、軍曹殿に見せてもらった雷光を彷彿《ほうふつ》とさせるものだった。

だがやはり体への負担は相当なようで、一回でがっつりとした疲労が発生し、二回も撃てば関節や筋肉が悲鳴をあげる。

「いきなり使えるもんでもないんだが、相性がいいのか？」

剣聖がサティの雷光を見て言う。元々雷光は練習していたのもあるのだろうが、普通は最低でも一ヵ月や二ヵ月はかけて徐々に出せる力を増やしていくそうだ。

「似た感覚には覚えがあります」

加護の強化。俺が初期の頃にサティに勝手に与えたやつだ。

「だからこう、ぐっと力を入れれば……」

奥義が発動する。それなりの騒動はあったものの、実にあっさりしたものだ。

それでも限界を超えて力を引き出し、なおかつ負担が少ないように威力を調整するのはサティでも相当に難しいみたいだ。だが、それができなければほんの一回二回奥義を使っただけで行動不能ということになりかねない。使いこなすにはまだまだ時間が必要となりそうだ。

サティの当面の課題は奥義の出力の調整と、それに耐えうる肉体づくりだな。何はともあれ、これまで同様ひたすらの鍛錬である。

俺は俺で上へと戻り、地道で厳しい訓練を始めていた。

一日かけての山岳走り込みも続いているし、あとはメインの実戦訓練だ。基本的には軍曹殿とやった訓練と変わらないのだが、なにせ対戦相手が多い。限界だと思っても終わらせてくれない。

しかし奥義の習得を考えると真面目にやっておいたほうがいいのは確かだ。サティですら全力での使用は現状二回が限度。俺の体力だとたとえ使えても一回で行動不能になりかねない。

六月も中旬になり、この頃からビエルスにも雨季の影響が出てきた。それでまいったのは、大雨が降ろうが訓練は中止にならないことだ。まあ魔物は雨だからって遠慮してくれないってのはわかるのだが。

ヒラギス方面は一足早く雨季に入っていて軍や冒険者がまったく活動できないほどになっているそうだ。居留地の横を流れる川も増水して危険だということで、エリーが堤防を強化したり居留地全体の家屋も大規模に建て替えを進めているようだ。

「さすが大魔法使い様」

「扱いは聖女様のお供程度なんだけどね」

民草が聖女様に陳情し、エリーが働くというシステムらしいが、特に不満もないどころか機嫌はとてもいい。

「ブランザ男爵領《お兄様の村》への移民の募集に結構集まりそうでね？　聖女様々だわ」

ただブランザ領にもいくつか問題がある。その最たるものが街道だ。なにせ魔境沿いの辺境地域。現地は農地に適した土地が多いのだが、交通の便が恐ろしく悪い。

山あり谷ありの秘境地帯で、そのぶん魔物の侵攻が阻害される利点もあるのだが、最低限帝国中央方面への道は欲しい。

相当な大事業になりそうなこともあるが、そもそもエリーには土木工事の知識もセンスもないし、開拓地の拡張で手一杯なのもあって、どこから手をつけていいかすらわからないのが現状のようだ。

「よしよし。俺も協力しよう」

とはいえ、ヤマノス村周辺は森を切り開くのが少し面倒なくらいのほぼ平地だったので、道路建設は元からある道の拡張に留《とど》まっており、経験豊富とは言いがたい。そのうえ山間部で勝手も違うだろうが、経験のないエリーよりましだろう。エルフはどうなんだろう？　さすがに道路建設の専門家はいないだろうが、大工の親方に相談してみようか。

「それはありがたいんだけど、大丈夫なの？」

「あんまり大丈夫じゃないが、まあ気分転換だな」

修行は四日間やって二日間休みというペースに落としてもらった。休みといっても加護持ちの育成と狩りも兼ねてるのでちゃんとした休みもなんとか増やしたいところだ。できれば二日修行の二日がパーティの用事で、あと丸二日が休みくらいがいい。まあそれは剣聖《ししょう》に断固として却下されたんだけど。ヒラギスの作戦までの日程を考えると休める時間は多くない。

奥義を習得するには今でも時間が足りてない。

剣聖は新しい加護持ちのミリアムへの指導も兼ねて俺たちのほうへとかかりきりだ。どうも加護持ちになるには交流がもっと必要だろうという話を俺がしたのを、誰かから聞いたらしい。相変わらず加護を諦めるつもりはまったくないようだ。

しかしミリアムの修行の面倒を見てくれるのはとても助かっている。ミリアムはこっちで短期間であるが町の道場で修行をしていたのもあって、いきなり強くなりすぎて表に出しづらいし、かといってオーガを飛び越してドラゴンクラスもまだ早い。

エルフのルチアーナのほうは手がかからない。狩りに出て経験値だけ稼がせて、希望を聞いてスキルを取ってやれば十分だった。家のことも引き続きこなし、俺に極力負担をかけないようにずいぶんと気を使ってくれているようだ。

ルチアーナは元々水魔法の適性があるということで水の精霊魔法をメインに覚えた。できればもう一人転移持ちが欲しかったが、精霊魔法も空間魔法も必要ポイントが大きい。両方取ってしまうと魔力強化系が貧弱で器用貧乏となってしまう。エルフは精霊魔法に憧れがあるらしく、無理強いもできない。

とりあえず加護持ちは増やす。残りのメイドちゃんたちも順番に全員面倒を見る。

二日間の休みは短いがこっちは趣味も兼ねているし、戦力が増えればそれだけ全員の安全にも繋《つな》がる。修行以上に手は抜けない。

女の子の相手をしたいから休みを増やすとかあまりおおっぴらに主張できないのが休日を増やせない一因でもあるのだが、エリーの手伝いを口実に休みを増やしてみようか。

先々のことも考えるともっと人員は必要だ。アンやティリカは子供が欲しいようだし、妊娠、出産での長期離脱や今回みたいな修行や各自手分けしての仕事は増えるかもしれない。

ビエルスでの修行の日々は得るものも多く、そして雨季が終わるとともに一気に暑くなり、ヒラギスでの戦いが刻一刻と近づいてきていた。

第10話　巨龍の通り道

「あれから加護持ちは増えないの？」

三日ぶりくらいに会ったエリーが聞いてきた。

「増えてないな」

「そう。この前はちょっとハメを外しすぎたかしらね？」

「そうかもしれん」

先日、しばらくぶりにまとまった休暇を取ったのだが、王都を出てからこっち本当に疲労とストレスの連続だった。

特に最近始まった剣聖のもとでのドラゴンクラスの修行だ。加護の強化はいまだ使う許可を貰《もら》えず、体力づくりの走り込みは背負う重量が増えて一向に楽にならず、剣の修行は実戦がメイン。どいつもこいつも強いうえに手加減なんてまったくしてくれない。ウィルとシラーちゃんを除けば唯一勝てるのがコリンだけ。フランチェスカでさえかなり強くなっていた。

そして剣聖相手など真剣装備である。リュックスを相手にしてるほうがまだ楽なくらいで、そんなのが連日続くのだ。

その疲れた心と体を癒《いや》やすべくわずかに確保した休日に村の屋敷に戻り、メイドちゃんを集めてのハーレムごっこを企画してみたらエリーもノリノリで女王様役で参加。

サティはもちろん、なぜかティリカやリリアまで下僕設定で俺たち二人に傅《かしず》いての二日間となった。ごっこなのできわどい行為はなしだったのだが、胸やお尻程度はお触りし放題。エリーといちゃつきながら舞踊の心得のあるエルフが舞い踊り、獣人ちゃんたちが付きっきりでお世話をしてくれる。全員で屋敷の大風呂に入ったのも素敵な思い出だ。

赤い羽根の関連で忙しいアンがいないからこそできたお遊びだったな！

「こんな遊びがいいだなんて、やっぱり王様になりたいんじゃないの？」

エリーがそんなことを言ってたが、たまにやるからいいのであって、王様になって毎日では食傷するだろうし、余計な責任だのなんだのは御免こうむりたい。

で、二日間それはそれは楽しかったのだが、そのイベントで俺の威厳とかカッコ良さとかが増したとは言いがたい。すでに加護が付いた二人はともかく、他の娘は俺の下品なお遊びにもしかするとがっかりしたかもしれない。

それとも加護のことを考えると、やはり最初から俺自身でちゃんと面倒を見るべきだったのだろうか。お風呂で綺麗《きれい》にしたり、服を買い揃《そろ》えてやったり。まあ一〇人はさすがに多いし修行の合間にやれることじゃないんだろうけど。

そのお遊びをしながらエリーの実家のブランザ領の話が出て、そろそろ街道をどうにかしたいということになったのだ。今のうちにやっておかないと、ヒラギスに行ってからだといつになるやらわからない。

それで本日はエリーとリリアの三人でブランザ領の街道整備の下見である。

俺の前にリリア、後ろにエリーという三人くっついてのフライだ。必ずしもくっつく必要はないのだが、まとまっていると魔力効率がいい。俺の気分もいい。一石二鳥である。

「ちょっと……思ってたより大きいな？」

エリーの転移魔法でやってきた目の前には、でーんと壮大な山脈が連なっている。山くらい崩すかトンネルでも掘るかすればいいだろうと簡単に考えていたのだが……

「あっちのほうが帝国方面への最短ルートよ」

後ろからエリーが俺の耳元に囁《ささや》き、その指差す先には一際《ひときわ》高い山がそそり立っている。

リリアのフライで少し上がった程度ではいまだ山頂ははるか上層。その頂は夏が近いにもかかわらず雪に覆われている。エリーによると一番高い山は五〇〇〇メートルを超えているそうだ。

その質量はちょっと手に負えない膨大さである。少し舐《な》めてた。

そもそも普通に街道が通せるなら無理をしてでも通していたはずだ。むろん山道程度なら今でもあるのだろうが、それは人が通れるというだけの最低限のルートであって、険しすぎる山道は馬車が通れないから商人はもちろん、軍も徒歩のみになってろくな数を送ることができないし、時間も労力も相当なものになるだろう。

迂回《うかい》ルートだと距離は四、五倍になり、しかもそのルートも山がちで決して楽なルートというわけでもないという。

「思ったよりでかいし正面からだと少し無理があるな」

「少しだけなの？」

「本気を出せばいけるかもしれん」

そのまま街道を通すには多少削ったくらいでは高低差がありすぎるし、トンネルでは長くなりすぎる。トンネルなら土魔法で掘って作るのは難しくないだろうが、空調も付けられない状態では酸欠が心配だ。魔法の類《たぐい》を除けば、明かりには当然ながら火を使うだろうし。運用してみて死人が出ましたじゃ胃に穴が空きそうだ。

そうするともう山自体を崩す単純な方法しか思いつかない。

あまり派手なことはしたくないが、街道は辺境の村にとって死活問題だ。

もうすぐヒラギス居留地からの移民も到着する。以前の領主は魔物の襲撃で孤立無援となり結局は領地を放棄せざるを得なかったという話だ。彼らを二度も故郷を失うような目に遭わせるのは酷というものだろう。

まあ、でかいだけの山ごとき、あふれる魔力に任せて吹き飛ばしてしまえばよいのだ。一発では無理だろうが、土魔法は魔力効率が良く、効果範囲も相当広く設定できる。数日かければたぶんいけるだろう。それに時間がかかれば修行のいい骨休めにもなる。

だが山を消滅……移動か？　土を移動させて山を平地に均《なら》すことになるのだろうか。いくら人里が近くにないとはいえ、環境への影響はあるだろう。生態系へもだ。

「かんきょう？　せいたいけい？」

懸念を説明したところエリーの反応がこれである。エリーくらい知識があってもこれである。

異世界には環境保護的な概念はまったくないらしい。

「山がなくなると風の流れが変わるだろ？　そうすると天気、雨の降り方に影響が出る。周辺の気候が変わるんだ」

もうちょっと簡単に、具体的に説明を試みる。

「そうなの？」

「わからん。もしかしたら変わるかもしれないって程度だな」

一帯の山脈が丸ごとなくなるとかならともかく、道を通す分くらいなら気候への影響は少ないか、ごく限定的になるだろうか。水の流れの変化や水質汚染が心配されるが、それは近隣だけの影響に留《とど》まるはずだ。

「それに動物や植物が丸ごと消えたら、周囲に棲《す》む生き物が困るかもしれない」

「それはそうかもしれないわね」

「そうするとほら、ドラゴンが棲み着いてシオリイのほうへと魔物とか動物が押し寄せたことがあるだろ？　そういうことも起こるかも」

「そうなったらそうなったで、わたしたちで対処すればいいことでしょう？」

「まあそうだな」

どこまでも、かもしれないって話だ。実際のところやってみないと何が起こるかわからない。俺の魔力で山をどうにかすること自体が無理で、すべてが絵空事かもしれないし。

「だいたいセイタイケイだかなんだか知らないけど帝国からのルートがなくて困るのはお兄様たち

なんだし、邪魔な魔物や動物なんて殲滅《せんめつ》してしまえばいいことでしょう？」

基本生きるか死ぬかの異世界だ。人間以外のことを気にかける余裕もないし、目につく端から魔物を狩り尽くしている俺が言っても今さらな話である。

「勝手に山を壊して誰かから文句が出るんじゃないか？」

「一応、山からこっちはうちの領地ってことになってるし、山に関してはたぶんどこも所有権は主張してないわね」

鉱山でもあれば別だが、そういったものもないようだ。あえていえば帝国の領地ということになるのだろうが、なんの変哲もない山の所有権を主張するほど帝国も暇ではないようだ。

少なくとも近くに人里はないし即座に影響が出ることもない。削る山も一番高いのは避けて、左右どっちかの低い部分をなるべく小さく削ればいい。

「なら右のほうね。比較的高さもないし帝国中央部へのルートが取りやすいわ」

すいすいとそちらのほうへと移動して空から地形を確認する。

「ブランザ村がこっちで、帝国中央部があっち。隣の領主の村はたぶんあのへんを超えた向こう側ね」

「ふーむ。二ヵ所ほど崩してしまえば街道を通しやすいな」

三つ目もあるがさほど高くないし、それに遮られて向こう側から目視はできないから多少派手にやっても直接見られる心配はなさそうだ。

「それと、ここって火山じゃないよな？」

崩したとたん大噴火とかシャレにならん。

「噴火があったって話は聞かないわね」

過去に噴火があったなら土に火山灰が混じっているはずだ。農業をメインの産業にしているブランザ村なら当然わかるだろう。

「あとはそうだな。通行しやすくなると魔物も通れるわけだろ？　今までの天然の要害がなくなるわけだ」

「じゃあ崩したあとに砦《とりで》か城壁でも作っておきましょう」

物がでかいだけに慎重にやりたいが、考えるべきことはこれくらいか？　あとは実際やってみて考えればいいいか。

「火山じゃないかだけ念のため調べて、あとはお義兄《にい》さんに相談して許可を貰ってからやろうか」

それで目標の山の頂に降りて土の探知魔法アースソナーで調べてみたのだが……

探知範囲に地下水の流れがあるのはわかる。だから恐らくマグマはないだろうし、それらしき反応も感じない。

「ここは火山じゃないな。素人判断じゃ保証はできないけどな」

そもそもマグマの反応ってどんなのだ？　普通の土や岩と感触が違うからたぶんわかるだろうと思っていたのだがどうにも不安だ。

「マサルが平気だって言うなら平気でしょ。マサル以上に探知範囲が広い土魔法使いなんていないでしょうし」

「とりあえず確認のために一旦《いったん》ブランザ村に戻るか」

それで戻って開口一番、エリーが火山に関することをお義兄さんに聞いたのだが、この辺りにはないという。

「でも街道を作る下見に行ってなぜ火山の話になるんだ？」

そうお義兄さんが当然の疑問を呈する。

「もし山を消し飛ばしてそれが火山だったら、噴火を起こして周囲が壊滅するかもってマサルが言うのよ」

「待った。山を消し飛ばす!?」

「実際は土魔法で必要な分を削る感じですかね」

俺の穏当に変えた表現にお義兄さんがほっとした表情を見せた。

「調べたんだけど、そのままだとやっぱり街道を作るのにいいルートが見つからなくてね」

俺は今日ちらっと見てきただけで調べたというのもおこがましいが、まあそれまでにもエリーのほうでルートを探す努力はあったのだろう。

「それで山を二つほど消して道を作ることにしたわ」

「あの山脈をか？」

「一番高い場所の右側が少し低くなってるでしょう？　あそこの山が二つほどなくなれば、帝国への道が作れるでしょ？」

「それは作れるだろうが……土魔法で？　消す？　削る？」

お義兄さんの言葉にエリーがコクリコクリと頷《うなず》いていく。

「できるものなのか？」

「マサルなら可能であろう」

リリアが自信満々に言う。

「さすがにやるのは初めてなんで試してみようって話です。ただですね」

「ただ？」

サッとお義兄さんの顔が引きつる。

「山を一つなくすわけですから色々影響がですね。たとえば――」

先ほど話した環境問題などの話を繰り返す。

「いや、それは本当に大丈夫なのかい？」

「どれも、かもしれぬという仮定の話にすぎぬ。可能性は低いようじゃぞ、義兄上《あにうえ》殿。あくまでも何か起こるかもしれぬから事前に心得よということであって、何かあれば責任を取れという話でもないのじゃ。何かあれば我らでどうにかするゆえな」

「帝国中央へのルートをいずれはどうにかしないとお兄様も困るでしょ？」

一応両隣に他の領主もいるが、規模はブランザ領とどっこいどっこい。魔物の大群に襲われても支援してもらえるような戦力はなし、そもそもそっちも遠いし道も悪い。

そちら方面の街道を整備したところで得るものは少ないと、まずは帝国中央ルートを作ることを優先したのだ。まあ山に関しては、街道を通すくらい楽勝だろうとの俺の適当な予想を、エリーが真に受けてしまったのもある。

だけど山の規模が日本アルプスどころか、本家アルプスかヒマラヤ山脈に迫る高さだなんて思わないじゃないか……

「どうします？」

「他に方法はないわよ？」

あるかもしれないが、たぶんこれが一番手っ取り早くはあるな。早ければ今日、通れる道が出来上がるだろう。

迷っている様子だったお義兄さんがエリーの言葉で決断したようだ。ゴクリと息を呑《の》み、震える声で「頼む」と俺のほうに軽く頭を下げた。

「マサルに任せておけば万事うまくいくじゃろう。吉報を期待しておくとよいぞ、義兄上殿」

リリアの言葉にお義兄さんは全然安心した様子がないどころか、余計に不安そうな表情を見せたのはなぜなんだろう？

そうして改めて予定地の山頂に来たわけであるが、ぶっつけ本番なのがすごく不安になってきた。

土魔法の使い方は一通り試したが今回の魔法はもちろん初めての試みである。一度どこかでテストしたほうがいいのではとエリーさんにお伺いを立てたのだが、魔力と時間の無駄使いであるとの至極まっとうな答えが返ってきた。

領地の一部ではあるが使ってない土地である以上、エリーの感覚としては魔境とそう違いがないのであろう。まあ俺もちょっと心配しすぎではないのかと思わないでもない。

「やってみるか」

何はともあれやらねば始まらない。基本は土魔法レベル5のアースクエイクの魔法である。

だが必要以上の破壊は必要ない分、威力をぐっと下げれば魔力の消費は軽くなる。そのぶん範囲をできる限り広げる。

魔法の発動にはイメージが大事だ。エリーは消し飛ばすという物騒な表現を使ったが、実際のところ山を崩す、高い場所の土を周囲の低い部分に押し出すような感じだろうか。幸いにも目標の山は相当に峻険《しゅんけん》だ。山頂付近は切り立った崖で、切り崩せば一気に高さを減らせるし、範囲も狭く済む。

魔法は山頂で発動させ、リリアに回収してもらって空へと退避する予定だ。

自分の立っている場所には魔法の効果を及ぼさないようにするつもりであるが、周囲が崩壊するとそこがもつかどうかがわからない。

魔力をゆっくりと集中していく。高速詠唱はこの場合は不向きだ。

詠唱を速くするとそれだけ制御が難しくなるとエリーが教えてくれた。大規模な魔法だと通常の詠唱速度のほうが制御が楽になり、込められる魔力も大きくなるという。

ただまあ詠唱時間がやたらと長くなるとそれはそれで制御がつらくなるだろうし、そのあたりの調整は一考の余地があるのだが――

考えているうちに魔力が高まっていく。そろそろ余計な雑念は捨てて集中したほうがいいな。魔力が濃密になりビリビリと大地が震えるのを感じる。

これは魔力が漏れているのだろうか？　まあ無理せず込められる魔力も限界だ。何かの拍子に実戦で使うことがあっても、このタイミングなら事前に察知されても問題なかろう。

「山崩し」

それがこの魔法の名前だ。魔力を解き放つと同時に地面が激しく鳴動を始め、山の崩壊が始まった。

「脱出！」

すぐにリリアのフライが発動し空へと逃れる。ちらっと見ると元いた場所もやはり山と共に崩壊しようとしていた。

そして巨大な土煙をもうもうと発し、視界が遮られ、何がどうなっているのかわからなくなった。

「うまくいったかしら？」

「大丈夫じゃろう」

距離が離れたからか、眼下で起こっている大規模な地形の変動に対して、皆驚くほど静かだった。

「イメージどおりにいった感触はあったがどうだろう」

ほどなく土煙が晴れてきた。立派にそびえ立っていた山はきれいに、跡形もなくなっていた。

「さすがはマサルじゃ。見事なものではないか」

やればできるもんだなー。まあそうイメージしてほぼ全力の魔力で魔法を発動させたからなんだけど。

そのイメージどおり大量の土は魔法で押し流され、なだらかな高地が広がっていた。おそらく山の高さは半分ほどに減っただろうか。だがそれでも平地のほうからすれば相当な高さが残っている。

ざっと一〇〇〇か一五〇〇メートルといったところだろうか。

「このままでも通れないでもないけど、もう少し低いほうがいいな」

だいぶ低くなった元山頂付近に降り立つ。上からだとなだらかに見えたが、ごつごつとした大きな岩がそこらじゅうでむき出しになっている。道を作るのに相当邪魔になりそうだが、まあ何もかも一度にというわけにもいかないだろう。

「次はどうするの？」

「今度はここに谷を作る感じかな。両側に土を押し出すんだ。それで地面をもっと低い位置に下げる」

今度は何回かに分けることにする。基本は山崩しと同じだが範囲は道の分だけでいいから狭くて済む。ただし今度は横方向へと押し出す力を増やす必要があるだろう。

魔力を集中して――

三度の魔法で山脈をまっすぐ貫く谷が出来上がった。あとはこの低い部分に街道を通せばいい。ただし一番低い部分は水の通り道、川になるだろうし、余裕を見て少し高い部分に設定する。

「まるで巨大な龍でも通ったようね」

エリーがそんなことを言う。確かにまっすぐ一直線に通された渓谷には自然にできた地形とは思えない不自然さがある。

「いいではないか、巨龍の通り道。それとも巨龍街道か？」

まあ名前なんてどうでもいい。崩すべき山はもう一つあるし、魔力はまだまだ残っている。

「もうひとつの山も同じ要領でやってしまおうか。街道を整備するのはそのあとだな」

そして巨龍の通り道はさらに長くなり、帝国内陸部へのルートが暫定的にではあるが完成した。

ついでに二回目の山崩しでレベルが一つ上がった。恐らく山に棲む生き物を倒した扱いになったのだろう。この前オークキングを倒して上がったばっかなのに、一体どれだけの生き物が犠牲になったのやら……

荒々しく大地を削り取った巨龍の通り道には生き物どころか、そこに生えていた木々すら土に飲み込まれたのか、わずかな痕跡程度しか残っていない。

ギルドカードは今回つけなかった。討伐記録を取ってもお金になるわけでもないし、大量の、ギルドから見れば意味のわからない記録が残っていては余計な面倒が増えるだけだ。

魔物ならともかく、そこにいただけというただの生き物を大量虐殺してしまったということに罪悪感を感じてもいた。山を二つも消したということも含めて、俺がやったという物証はなるべく残したくない。

「さすがに疲れた」

大規模な魔法を連発し、魔力も久しぶりに残り少なくなっている。

「あとは道を整備して、途中に城壁か？」

「そうね。でもかなりいい感じになりそうね。問題も起きてなさそうだし」

見た感じ火山は爆発してないし、棲家《すみか》を荒らされたドラゴンが暴れる様子もない。

「ちゃんとした道ができたら改めてマサルにお礼をしなきゃね」

「別に気にしないでいいのに」

「ダメよ。これはブランザ家の事業なんだから、多少なりとも謝礼はあるべきなの」

「そういうことならお小遣い程度でいいぞ」

「まあ、そのあたりのことは後日ね」

「うん。じゃあもうひと仕事がんばるか」

「マサルはもう戻っていいわよ。あとのことはわたしで全部できるし、マサルはちゃんと休んで修行するのよ？」

マジか。数日はこれで休めると思ったのに。

「範囲が相当広いから一人じゃ大変なんじゃないか？」

「平気平気。わたしはこれだけに集中できるしね」

「では、うちも人員を出そうかの」

「あら、それは助かるわ」

「他ならぬエリーの手伝いじゃしの」

んー、まあいいか。一応、二日ほどこれで休む予定は取ってあった。嫁たちはみんな忙しそうだが、加護なしのメイドちゃんたちはいつでも出動オッケーだ。この機会にたっぷりと交流を深めておこうか。

とりあえずもう一度ぐるっと見て回って問題がないのを確かめて、その日は戻った。

そして翌日の昼間のことである。数日は忙しくて戻れるかどうかわからないと話して早朝から出かけていたエリーが俺の部屋に駆け込んできた。

「マサル大変よ！」

「どうした、何があった!?」

昨日の時点では何も問題はなかったはずだが……

「マサルが削った後から鉱石が出てきたの！」

「なんの？」

「鉄とそれから他の金属とか宝石もあったみたい。とにかくそこら中にむき出しの状態でごろごろしててすぐに掘れる状態で……ど、どうしよう？」

街道整備の手伝いに連れていったエルフが気がついたんだそうだ。

開発するにもエリーのところは元の領地が平地で鉱山関係の技術者は皆無。リリアのところも鉱山はまったくないらしい。

「急がないと誰かに見つかって先を越されちゃうかもしれないわ」

街道を作った経緯から土地の権利は当然主張できるだろうが、先に専有されてしまうと話がややこしくなってしまう。

独占できれば利益は計り知れないのだから、ゴネまくってくるだろう。いや、そもそも山岳地帯の所有権そのものが曖昧なのだから、こちらの主張がどれだけ通るのかも疑問だ。

「城壁は作ったのか？」

「ええ。昨日のうちに街道の真ん中くらいに」

「両端にも作って囲っちまおう」

鉱山になるならその安全も図れるし、ブランザ村の領地であるという主張も強固になる。だが囲ったところで実際の鉱山開発ができねば話にならない。

「妾《わらわ》のところから城壁警備の人員を出そう」

「ほんと助かるわ、リリア！」

それで鉱山の確保は問題なさそうだ。毎度ながらエルフがいなかったら色々どうなっていたことやら。

「鉄はもちろん、貴金属や宝石の需要はエルフにもたっぷりある。鉱山が稼働したらうちにも売ってくれればよい」

「いっそ共同開発とかにできないかしら？」

困ったときのエルフ頼りである。

「ふうむ。じゃが王国ならともかく、帝国ではあまりおおっぴらには動けんの。それにそもそも専門家がおらぬ」

誰か知ってそうな人っていたっけ？　鉱山といえばやはりドワーフか？

だが唯一の知り合いは王都にいる。聞きに行くにもちょっと遠いな。

リリアのところに出入りしていたらしいドワーフもいるようだが、これも遠い。

ゲートや内情を教えるリスクはなるべく避けたい。

近くというとビエルスか。師匠に相談して伝手《つて》を捜してみるか？　弟子が世界中にいるらしいし。

次に近いのはヒラギス……

「ヒラギスの居留地にならば鉱山関係者くらいいるんじゃないか？」

「それよ！　獣人のところで聞いてきましょう」


鉱山開発の件を獣人に話すと、ヒラギス奪還後に元の鉱山へ戻るつもりでぶらぶらしているドワーフの情報を得た。早速見つけて交渉する。

さすがに面食らってはいたが、短期高収入の約束を交わしたところ、そのドワーフの部下も含め無事招聘《しょうへい》することができた。あとは必要に応じて労働者を雇えば開発体制は整うだろう。

「これでうちも大儲《もう》けよ！」

「よかったな。ブランザ領も安泰だ」

戻ってきたエリーの報告を聞いてそう言う。

鉱山ができれば人も集まる。ブランザ領もさらに発展するだろう。

「何言ってるの、ヤマノス家にもよ。なにせ何から何までうちでやったんだから、当然利益も……あっ」

「ん？」

「お兄様にまだ報告してない……」

それはちょっとひどい。

どうやら鉱山を見つけて真っ先に俺のほうへ来たらしい。

「もろもろ事後承諾ではあるが、義兄上殿に不満などあるまいて」

「そ、そうね。急いでいたことだし」

「では特大の吉報を届けに行くとするかの！　マサルも来るかや？」

くっくっくっと実に楽しそうに笑いながらリリアが言う。

何がそんなに楽しいのだろうか？

「俺はいい」

今日は家でゆっくりするつもりでだらけた格好だ。お義兄さんと会うとちょっと緊張するんだよね。なかなか打ち解けない。


しばらくして、再び戻ってきたエリーによると、うちの取り分は利益の三割で話をつけたらしい。

鉱山を掘れる状態にしたのは俺だし、ブランザ家には人員も人脈も何もない。

開発の初期費用は我が家の持ち出し。城壁や現地に作る予定の新規の村などは魔法で作れる部分も多いが、労働者の賃金はもちろん、鉱山開発用の設備や道具なんかも一から揃えるとなると相当な資金が必要となる。これにはリリアが賭けで稼いだ分をつぎ込むらしい。

無料部分の城壁の建設費用なんかもちゃっかりと請求して、しばらくは利益の半分がうちに入ることになったようだ。だがそれでも、いつもしかめっ面《つら》か不安そうな顔をしているお義兄さんはとてもご機嫌だったという。

「お兄様は棚ぼたで儲けるんだしこれくらいは当然よ。何もかもマサルがいないと成り立たなかったんだしね」

実際どのくらいの利益になるかは鉱山の規模次第だから稼働してからの話ではあるが、豊富な鉄や貴重な貴金属から見るに、下手をしたら伯爵家だった往時を超える収入になる可能性もあるという。

しかし……これはちょっとまずいのか？

「これって騒ぎになるんじゃないか？」

山がなくなったのは大事《おおごと》だが所詮《しょせん》は辺境に街道ができただけのこと。山がなくなったのがバレなければさほど騒ぎにもなるまいと考えていたのだが、これが多大な利益を上げる鉱山ができたとなると、興味を持つ者は当然いるだろう。

「今のところ、マサルがやったのを知ってるのはわたしたちだけだし、箝口令《かんこうれい》を敷いておけば当座は大丈夫じゃないかしら？」

「そうかな？」

「まあいずれバレるかもしれないけどだよね。

しかし鉱石が出るとは想定外だし、街道を作るのにもっといい方法とかは今でも思いつけない。

まあ知らぬ存ぜぬで通しておけばいいか。そもそも俺はゲートのことを知られなければビエルスにいたことになっているんだし。

でも収入源が増えるのはいいことだな。それにこれで鉱山開発のノウハウが手に入れば、いつでも同じことができる。ヤマノス村周辺にも手つかずの山岳地帯はたくさんあるし、冒険者引退後の収入は安泰じゃないか？

「わかってるわよ。今回のことはしっかりブランザ家まででとどめておくわ。マサルのすべきことはこんな小さいことじゃないんだしね？」

将来に思いを馳《は》せる俺にエリーがそんなことを言う。それは全然わかってない。

「それとうちで貰う利益は昨日言ってた謝礼も兼ねてるし、マサルの好きにしていいわよ」

お小遣い程度でよかったのに、下手したら伯爵家の予算並みの利益がお小遣い？

夢が膨らむ話ではあるのだが、道を作ろうってだけのことだったのに、なぜ毎度俺が動くと事が大きくなるんだろうか？

第11話 出陣

雨季も明け、ヒラギス奪還の軍が動いたということで、俺たちもヒラギス居留地に向かうこととなった。とはいっても、すぐに出番があるというわけでもないようだ。

今回の戦いの主力は帝国をはじめとする各国の軍である。

一部の冒険者に突出した戦闘力があるとしても、少数では魔物の大群には抗せないし、数を集めたところで訓練もなしにはろくな連携が取れない。

では我々冒険者の役目は何かというと、後方支援がメインとなる。

軍が橋頭堡《きょうとうほ》を築いた町や砦《とりで》の後方地域の魔物の掃討。拠点の防衛への物資の輸送や護衛。あとは予備兵力として戦力の足りない戦線に送られることもあるというが、それはあくまでも予備という位置づけだ。

つまり軍がある程度支配地域を広げてくれないと俺たちは動きようがない。

エリーは活躍の場が制限されて不満なようだが、楽ができるに越したことはない。どうせなら軍のみで決着をつけてくれればとてもありがたいというものだ。

ビエルスの剣士隊は剣聖に引率されて数日前に出立している。

俺たちはもちろんゲートで一瞬で移動できるから、休養も兼ねて一旦《いったん》ヤマノス村に移り、数日すごしてからの移動だ。

なにせ、ぎりっぎりまで厳しい修行を続けていたのだ。いくら序盤は出番がなさそうだとはいえ、戦いが始まれば何が起こるかわからない。出番がないというならありがたく休ませてもらって体調面も万全にしておくべきだろう。


そうして久方ぶりのヒラギス居留地にやってきた。

獣人の子供たちの様子も見たいが、まずはアンとティリカに合流して、それから砦の冒険者ギルドにいるはずの軍曹殿に挨拶をする。俺たちリシュラ王国の冒険者は軍曹殿の指揮でまとまって動く予定らしい。

だが砦の神殿に着くと、アンが不在であるとすまなそうに神官の人が言ってきた。今日来ることはむろん連絡済みだったのに。

「は？　軍の先遣隊が壊滅した!?」

そもそも一口に軍と言ってもその構成員は冒険者と変わりはない。有能な冒険者が軍にスカウトされたりもするし、剣聖の直弟子なんかもいたりする。一般兵はともかく、精鋭やベテランともなると個々の戦力としても冒険者に劣るものではない。そういう話だったたし、エリーが、手柄が回ってこないかもしれないと心配するほどだったのだ。

それが壊滅？

「それで、聖女アンジェラ様は昨日から前線の砦へと治療のお手伝いに」

朝一で来たというのに神殿が閑散としているのはそのせいか。アンと一緒に神殿騎士団ごと前線に移動したのだろう。

「何はともあれ、まずは合流しよう」

前線の砦といっても場所は居留地からヒラギス国境を挟んですぐの位置にある。ここで留守番の神官を問い詰めたり情報収集するよりさっさとアンを捜しに行ったほうが早い。騎士団がついているなら危険もないだろうが、二人が心配だ。

「ええ。それにもっと詳しい話を知りたいわね」

今日はアンかティリカと久しぶりにゆっくりできるかと思ってたのに、予想外の展開だな。こっちに来ても当面は仕事がないか、あっても輸送や建設関係を冒険者ギルドから頼まれるぐらいだろうなという気でいたのに。

「偵察隊が何組も消息を断ったとか、食料確保のための遠征部隊がやられたって話があったでしょう？」

神殿を出ながらエリーが言う。

「あったな」

「どうやらオークキングの部隊が通せんぼしてたらしいのよね」

帝国領にあるヒラギス居留地からヒラギス本土へは峠を超えるルートとなるのだが、道が狭く大軍は動かせない。そこに神出鬼没のオークキングの部隊が居座り、一時的に突破できてもすぐに分断され、孤立したところに大量の魔物が押しかけ、大きな被害を出して撤退。

それが雨季前の話である。

当然、軍もそれを想定して先遣隊には精鋭を選んでいたはずなのだが、相手はオークキングだ。数の差があっても狭い場所で奇襲されると為《な》す術《すべ》がない。俺たちですら師匠一人に山道でやられて壊滅しかけたのだ。

神殿を出てフライで飛び立ちヒラギス側の砦に向かう。

「俺たちの出番か？」

飛びながらエリーに言う。あまりありがたくはないが、想定はしておこう。

「それがそう簡単でもないのよね。軍にも意地や体面があるし」

壊滅したのは軍の先遣隊にすぎない。軍の主力が残っている状態で、得体の知れない冒険者になど出番は回ってこないだろう、そうエリーが言う。

山間部を縫うように進むと、途中の街道にもいくつもの軍が陣を敷いているのが上から見えた。どこも人でぎゅうぎゅうである。先遣隊が進めないから行軍が詰まってしまっているんだろう。かなりの数だ。

ここで俺たちが、大変そうだしやってやろうかって名乗りを上げたところで、数万の戦力を擁する帝国軍からしたら馬鹿にしてるのかって話になるんだろうな。剣聖ならコネもあるだろうが、それにしたって俺たち自身に大した実績や説得力があるわけでもない。

すぐに山の中腹に作られた砦が見えてきた。

エリーの指示で一つの建物を目指す。ここの神殿らしい。

勝手に侵入した砦は出入りが激しいようで特に見咎《みとが》められることもなかったのだが、間近に降り立った俺たちに、警戒した騎士たちから鋭い誰何《すいか》が飛んだ。

「諸神の神殿に何用か！」

ひどく警戒させてしまったが、どこも兵士でいっぱいで降りられそうなのが神殿のすぐ正面くらいしかなかったのだ。

警備をしていた神殿騎士の部隊は即座に抜刀し、俺たちを囲むような動きを見せる。

「わたしよ。アンジェラはどこ？」

エリーはひるむ様子もなくそう言って前に出た。

「お、おお。エリザベス様！　聖女様は中でお休み中です。おい、この方たちは大丈夫だ。お通ししろ！」

神殿らしくない仮の神殿は人は少なく閑散としており、兵たちの治療もすっかり終わっているようだ。広間の奥にアンとティリカがいてあっさり再会できた。

「で、どういうことになっているの？」

エリーが単刀直入に聞く。再会を喜び合いたいところであるが、まあちょこちょこ会ってたしな。

まずは現状の把握だ。

「それがね、軍の先遣隊が壊滅して死傷者がたくさん出て……」

そうアンが言う。うん、そこは聞いた。それで逃げ戻った兵士たちの治療に夜通し追われていたようで、アンは疲れた顔をしている。

ティリカも徹夜明けで露骨に眠そうだ。

「敵はオークキング――」

アンの言葉を引き継いでティリカが言った。それも聞いたな。いくらオークキングが強いといっても、一方的に押し込まれるようでは軍も案外使えない。

「――それが二〇か三〇体。すべてがオークキングの部隊」

二〇か三〇、二〇か三〇か……

これまでの対オークキング戦を思い起こしてちょっと想像してみる。

矢や低レベルの攻撃魔法なんかではもちろん止まらない。

俺の大岩をもろに食らっても、頭に致命傷としか思えないレベルのサティの矢を食らっても、頸《けい》動脈《どうみゃく》を切り裂かれて血を噴きながらでも反撃してくるオークキングである。たった一体だけでも俺は何度も死にそうな目に遭った。

それが二〇かあるいは三〇、山岳地帯でゲリラ的に襲いかかってくる。うちのパーティでもまともにやりたくない相手だし、探知もない普通の冒険者や軍ではなるほど手に余るだろう。

「我々でやりましょう」

エリーが言う。まあそうなるわな。

「ふうむ」

だが追加の神託はなさそうだし、必ずしも俺たちでやる必要もないはずだ。それに降りるときちらっと見えたが、すでに軍は動いている様子だ。ここで横槍《よこやり》を入れても何かと面倒なことになる気がするぞ。

「ヒラギス奪還軍は今、二つの方面に分かれて展開している」

迷っている俺にティリカが話しだした。

一方がヒラギス居留地からの北部首都方面攻略部隊で、もう一方が東方国家群、グランコート王国から進発する南部方面攻略部隊。

どうやら帝国としてはまず南部を制圧して、その後、北部に向かう計画らしい。南部を制圧してしまえばとりあえずは帝国と東方国家群の安全は確保できる。

そこで軍の主力はそちらに差し向けられ、ここの部隊の当面の役割は南部方面攻略部隊のための陽動である。

北部首都をつくと見せかけて、なるべく多くの魔物をこちらへと誘引し、数を減らす。

作戦上、多少の遅れは許容できるが、居留地を出ることもできないのはさすがにまずい。面子にも関わる。だから再び部隊を出し、損害を度外視して押し通る計画を立てた。

「夜明けを待って、すでにその部隊は出撃している」

「それならなおさら俺たちの出る幕はないんじゃないか？」

さすがに次は負けない陣容を整えるだろう。

「ダメよ。みんな死んじゃう」

深刻な声で不穏なことをアンが言い、ティリカが続けて言った。

「今度の部隊の先陣はヒラギスの生き残りで編成されている。彼らは生還の望みを捨て、死兵となって橋頭堡を築くつもり」

危険な敵は多くとも三〇。それさえ耐えればあとは数で押せる。だが死ぬ気だけで勝てるものだろうか？

「それでもダメなら全体の士気にも関わる」

「そうだな……」

士気もそうだが、いたずらにヒラギスの人口が減ってしまっては戦後に響くだろうし、何より獣人たちの知り合いも多数そこに入っているはずだ。無駄に命を散らせたくない。

こっそり出撃して殲滅《せんめつ》すればいいか？　空から探知で探して遠距離からどーん。誰かに見られる前に戻ってしまえばいい。剣聖も今日明日にはこちらに到着するはずだが、手を借りるまでもないだろう。

「今からちょっと出かけて狩ってくるか。いつもの狩りだ」

修行期間にも、ウィルやシラーちゃん、それにメイドちゃん二名の加入もあって、狩りは何度かやっているから今のメンバーでの連携に不安はない。

さっと行って戻ってくれれば、それで面倒はない。

今のところ何かの指示を貰《もら》ったわけでも、誰かの指揮下にあるってわけでもないしな。

「お、お待ちを！」

ぞろぞろと外に向かった俺たちを神官の偉い人が呼び止めた。名前は忘れたが砦の司祭様だ。

「どこに行かれるおつもりですか!?」

「ちょっとした狩りよ」

そう言ったエリーに司祭様が顔色を変えた。

「いけません。聖女アンジェラを危険に晒《さら》すなど！」

話を聞かせたわけではないが、アンがどこに行くかなんて簡単に推察がつくのだろう。

「ただの狩りじゃ。危険などあるものか」

リリアがそう断言した。

加護付きエルフが増えてパーティの防御力はさらに向上している。リリアの風とルチアーナの水精霊。なにかあれば瞬時に二重の防御壁を展開できる。

「よしんば危険があったとしても、私は聖女である前に冒険者です」

「冒険者などと！　アンジェラ様は正式に聖女の認定をされたのですよ!?」

少し前の話であるが、赤い羽根の関連で上のほうから勝手なことをするなと現場にクレームが入ったらしい。

その時点で結構お金も集まっていたし、まあ仕方ないかって一旦活動をやめようとしたところ、続けていいとのお達しと、アンジェラが正式に聖女に認定されたとの知らせが入った。

どうやら上のさらに上のほう、聖女認定を出せるくらいの上層部まで話が届いていたようだ。

「別にアンは留守番でも……」

言いかけてアンにすっごい睨《にら》まれた。すまぬ。

ヒラギス奪還は神託があるしな。聖女であればこそ、なおさら留守番などあり得ないだろう。それにこの様子じゃここで引いたが最後、二度と冒険者活動ができないなんてことになりかねない。戦力的には一人二人欠けても問題なくなったとはいえ、それはさすがにかわいそうだ。

「騎士団長、聖女アンジェラをお止めしてくれ！」

「まさかオークキング討伐隊に加わるおつもりなのですか、聖女様？」

呼ばれた騎士が俺たちの進路を遮るように前に出てきた。

「少し出かけるだけです。ここにいても、もうすることがないでしょう？」

「ですが聖女様にはここで待機していてもらわねばなりません。いつ何時《なんどき》……」

軍が壊滅するかもしれない、か？　だが俺たちはそれを止めに出るつもりなんだ。そっちのほうが断然効率がいい。

「あなたがたはどうも勘違いをしているようだ」

相変わらずちょっと眠そうなティリカが言った。

「我々はヒラギス奪還作戦に参加するためにここに来た。今、そのときが来ただけのこと」

「し、しかし、聖女アンジェラのパーティは後方支援に回されることになっているはずです！」

必死に言い募る司祭様の言葉を聞いた途端、エリーの声が冷たいものになった。

「呆《あき》れた……裏から手を回したの？」

「手を回したなどと。私はただ、聖女アンジェラの安全を考えて……」

「我らを便利に使おうなどと、思い上がったものよの」

しばらく後方で大人しくするつもりだったが、そういうことであれば上の命令を聞くのも悪手だな。下手したらずっと後方にされかねない。

「言い争ってる時間が惜しいわ。そこをおどきなさい」

「聖女様を危険に晒すわけには参りません」

外に出ようとするエリーに、騎士団長が断固とした口調で言い、その前を遮った。

色々言い合ってるうちに騎士団の部下のほうまで神殿内のホールに集まってきていた。騎士団は一〇名ほどだろうか。そいつらに出入り口を封鎖されている形だ。

「面倒ね」

エリーはそう言うと魔力を集めだした。エリーのスタンボルトで手っ取り早く排除するつもりか。しばらく大人しくしてる予定だったのに、ほんとうに面倒な……

「ここはわたしが」

そう言ってサティがすっと前に出た。手にはどこから持ってきたのかただの枝。

俺のほうをちらりと見るサティに頷《うなず》いておく。

エリーのサンダーってマジで痛いんだよ。わかってて食らっても叫び声が出るくらい筆舌に尽くしがたい痛みを伴う。それが気絶するほどの威力とあれば、サティの枝を食らって意識を絶たれるほうがいくらかマシだろう。

「そこをどかないと倒します」

そう言って枝をこれみよがしにフリフリする。

「剣聖の真似事か？」

剣聖が小枝で十数人の騎士を倒したというのは誰もが知る有名な逸話だが、実際こうして目にしてみると、フル装備の騎士団の一隊に枝一本で立ち向かうなど実に馬鹿げた光景だ。

サティがやると余計に子供の遊びのようにしか見えんな。

だが近くの騎士がサティに手を伸ばすと、パシンという炸裂音《さくれつおん》とともに騎士が崩れ落ちた。

そのままぴくりとも動かない。

「な!?」

仲間が訳がわからないうちに倒されて、騎士たちが騒然としだした。

やり方は簡単だ。超高速で枝を頭に叩《たた》きつけ、ヘルムの内側に衝撃を走らせ意識を断ち切る。あまり強いと今度は枝が耐えられなくなるので加減が難しい。

俺もできなくはないが、複数人相手だと成功率があまり高くない。枝はどうも持ち歩いてたみたいだし、どこかで練習の成果を試してみたかったんだな、サティ。

「どいてくれますか？　なんなら抜いてもいいですよ？」

殺気立つ騎士団を前にサティが平然と言う。

「仕方あるまい。取り押さえろ！」

それはあっという間の出来事だった。

取り押さえようとした騎士団の中にサティが踏み込むと、パシンという炸裂音がする度に騎士団ががしゃがしゃと倒れていき、ほんの数秒で立っている騎士はいなくなっていた。

抜刀した騎士はいなかったが、まあ抜いたところで同じことだな。

見事だ、サティ。観客が俺たちだけで残念なくらいだ。

「気絶してるだけです。すぐに目を覚ましますよ」

「安心せよ司祭殿。見てのとおり、たとえ相手がオークキングだろうと後れを取る我らではない」

「余計なところで時間を食ってしまったわね。急ぎましょう」

通りすがりにかけたアンのエリアヒールで復活しだした騎士団を尻目に、やっと外に出ることができた。扉のところには警護の騎士がまだいたが、倒れる仲間たちに呆然《ぼうぜん》としている隙《すき》にフライで飛び立ち、俺たちは前線の砦をあとにした。

第12話　オークキングの襲撃

飛び立った俺たちは一旦《いったん》帝国方面へ行くと見せかけて、ぐるっと大回りしてその後ヒラギス本土へと向かう。勝手に出撃することになるし、念のための偽装である。

「それでどこに向かえばよいのじゃ？」

リリアの疑問ももっともだ。行き当たりばったりはいつものことだが、今回は輪をかけてひどい。いきなり飛び出てきてしまったので行き先すら不明だ。

「作戦会議が必要だな。とりあえずそのまま飛んでてくれ」

探知で軍の動きを捉えられるギリギリの位置を飛ぶようリリアに指示を出す。それで低空を飛べば地上から見られる心配はまずないはずだ。軍の偵察が森の上に出れば簡単に見つかってしまうだろうが、探知外に出るリスクに比べれば許容範囲内と考えるしかない。

木々の多い山あり谷ありの複雑な地形で、街道なんて空からでもろくに目視できないし、適当に飛んでいたらすぐに迷子になってしまいそうだ。

「なるべくこっそりといきたいけど、優先は魔物の殲滅《せんめつ》としよう」

オークキングを見つけて倒す。ついでに雑魚も殲滅する。軍に俺たちの存在がバレるかどうかはこの際二の次だ。

「まずは軍の先遣隊を見つけないとね」

エリーの言うとおり、先遣隊の発見のほうが優先度は上か。

「そうだな。見つけたら俺かティリカの召喚獣を監視に出せばいいか？」

俺のフクロウかティリカのタカならそう目立たないだろうし、最悪俺たちがオークキングを見逃して先遣隊がぶつかっても、全滅する前に介入できるだろう。

先遣隊が出て一時間ちょっとくらいだろうか。まだそう進んではいないはず。

アンやティリカが拾ってきた情報によると、砦《とりで》を出てすぐの辺りには魔物はいないそうで、街道を五、六時間ほど進んだ先に放棄された小さな砦があり、そこが激戦区となっていたという。

フライなら三〇分も飛べば到着するだろうか。

情報を聞きながら俺の探知で探っていると、すぐに軍の先頭だろう部隊が見つかった。ろくに相談する時間もない。

「たぶんあそこが先頭だ。ティリカ頼む」

ティリカが召喚獣《タカ》を空に放ち、さらに先へと進むことにした。

ヒラギス本土は魔境並みに危険という話だったが、今のところ魔物の姿は皆無などころか、普通はどこにでもいる動物の気配すらない。

「それで魔物がいたらいつもみたいに？」

エリーが聞いてくる。

「そうだな……」

いつもの狩りなら見敵必殺、見つけ次第に先制攻撃をする。相手は軍が壊滅するほどの規模だが、無茶と考える理由もないし、無理そうならさっさと逃げてしまえばいい。

「うん、いつもどおりでいこう」

いつもどおりなら陣形も連携も改めて相談する必要がない。

部隊を追い越したので飛行ルートを街道近くに変更した。見られる危険は増えたが、そもそも誰も現地の地理に詳しくないので仕方ない。

「マサル様、ハーピーです。数は……八です」

探知に何もかからず、迷子の心配が出てきたところでサティの報告が来た。鷹《たか》の目で確認するとかなり遠方に豆粒のような何かが見える。じっと見ても豆粒にしか見えないが、サティがハーピーと言うなら間違いはないだろう。

「一旦降りてくれ。弓の準備をしよう」

森の中に降りてアイテムボックスから前衛組の弓セットを出す。

アンとティリカを含めて全員実戦用装備だったが、元々今日は狩りの予定じゃなかったし、持ち歩くのが面倒な弓はさすがに持っていなかった。ついでに各人の装備も再チェックしておく。

「近づくまで街道沿いに地上を飛んでくれ。奇襲をかけよう」

「ええ。逃げられたり仲間を呼ばれてはやっかいだものね」

再びフライで飛行。街道を地面すれすれにたどり、ハーピーを探知範囲に収める。

「弓の準備。リリア、合図で上に出てくれ」

目標のハーピーに続いて、魔物の反応が探知に多数現れだした。かなり……いやめっちゃ多いな。

一旦攻撃を中止するか？　だがここで躊躇《ちゅうちょ》して見つかったりしてしまうのは最悪だし、見敵必殺の方針をここで変える理由もない。どう動くにせよ、ハーピーに飛び回られてはとても邪魔になる。

「今だ！」

たかが八匹程度。こちらの射手は五人。ハーピーが気がついたときには五匹落ちていき、残りの三匹もあっという間に片付いた。

落下したハーピーを追って、再び森の中に入りとどめを刺して回収する。

さてここからだ。

「諸君、良い知らせと悪い知らせがある。どっちから聞きたい？」

ハーピーをアイテムボックスに入れながら気楽な調子で言う。

「じゃあ、いい知らせから聞こうかしら」

少し呆《あき》れた顔をしながら、エリーが話に乗ってきた。

「魔物の本隊が近い。それもかなりの数だ。経験値が稼ぎ放題だぞ」

「それはまあいいことなのかしらね……で、悪いほうは？」

「最後に倒したハーピーの叫びで、俺たちの存在がたぶんバレた。魔物が動きだしてる」

魔物は街道沿いに満遍なく布陣しているようだ。それが一斉に動きだした気配。

「ああ、大丈夫だ。まだ距離はあるし、こっちの位置まではわかってないと思う」

少しひるんだ様子のアンを安心させるように言う。

「だから最初の一撃でなるべく相手を減らそう」

「じゃあマサルがやるの？」

「俺は最近レベルが上がったし後回しでいい。最初はアンとティリカとルチアーナにやってもらおう」

この三人はともに水魔法の使い手だ。その最大呪文を三方向に放ってもらい、広域の殲滅をする。

「よし、じゃあいくぞ」

フライでゆっくりと森の上空へと上がってもらう。

「タイミングはそれほど合わせなくてもいいから、全力でぶっ放せ。狙う位置はそれぞれ――」

俺の指示でまずルチアーナが詠唱を開始した。新入りだけあって取り急ぎ水魔法をレベル５にしてもらったものの、高速詠唱は後回しになっている。

続けてティリカ、アンも詠唱に入った。

「気づかれた」

強力な魔法の詠唱だ。魔力感知持ちならすぐにわかるし位置も特定できる。周囲の森から魔物の雄叫《おたけ》びがいくつもあがっている。

「大丈夫。そのまま詠唱を続けろ。前衛、近寄ってきたやつは弓で倒せ」

次々に飛び立ったハーピーの群れが雲霞《うんか》のごとくこちらへと押し寄せようとしている。だがまだ距離がある。

運良く、いや運悪くだろうか、近場にいたハーピーは鳴く間もなくサティたちの矢で次々と射貫《いぬ》かれて落ちていく。

地上の魔物も向かってきている様子だが、むろん到底間に合わない。

間もなく詠唱が終わる――

【永久凍土《エターナルブリザード》】

【永久凍土《エターナルブリザード》】

【永久凍土《エターナルブリザード》】

その刹那《せつな》、視界が白く染まりあらゆるものが凍結した。空を埋め尽くすかに見えたハーピーたちが次々と落下し、パキパキと凍った木々にぶつかり粉々になっていく。

少し遅れて俺たちのほうへも冷気が押し寄せてきた。

「よくやった。近場の敵は全滅してる」

気配察知は魔物を普通に倒すと徐々に反応が弱くなるんだが、永久凍土《エターナルブリザード》だと即座に反応が消え失《う》せる。即死である。

「魔物が混乱しているうちに次をやるぞ」

冷気の残滓《ざんし》に覆われた森を進み、リリアとエリーの風魔法で残りの魔物を吹き飛ばした。それで付近にいた魔物はほぼ全滅したようだ。

もうしばらく進むと先のほうに小さな砦が見えた。そこにもぎっしり魔物が布陣している。

街道を進む軍を、砦と両側三方向から挟撃するつもりだったのだろうか。

「あそこは俺がやろう。街道に降りてくれ」

砦は拠点にしたい。

だが今のままでは砦がちょっと小さいし、どのみち使い物にならないくらい破壊された状態だ。メテオで周囲の森もろとも吹き飛ばせば整地もできて一挙両得じゃなかろうか。

砦の魔物もようやく事態を把握しつつあるのか動き始めている。ゆっくりしている時間はない。

地上に降りるとすぐに【メテオ】詠唱開始――範囲を広めにして威力はそのままで――発動した。

無数の火球が空に生まれ地上に降り注ぎ、大爆発が起きる。

爆風が来るがエアシールドでガード。

もうもうと煙が立ち上り、辺りに焦げた匂いが充満する。ハーピーもかなり巻き込んだようだが、運がいいのは生き延びたようだ。まだ探知にそこそこな数が残っている。

「煙が晴れたら消火して、ここに新しい拠点を作る。前衛、生き残ったハーピーを警戒、見つけ次第排除してくれ」

近くの敵はあらかたメテオで殲滅したが、遠方にはまだまだ結構な数の魔物の反応がある。待ってる時間がもったいないか？　もう水をぶっかけてしまおうか。

「軍が到着するまで俺たちでここを守っておこうと思うんだが、どう思う？」

俺たちだけ先に進んでもあまり意味がないし、拠点防衛なら前衛の弓が生きる。寄ってくる魔物で経験値稼ぎだ。

「それでいいんじゃないかしら？」

俺の案にエリーも同意する。オークキング殲滅という当初の目的は達した。初日の戦果としてはもう十分だ。

「ならばオレンジ隊も呼ぶかの？」

「そうだな……」

拠点防衛なら人数がいたほうがいい。壁があるから危なくなったら撤退も難しくないだろうし、エルフに拠点防衛を任せて俺たちだけ出撃して魔物を殲滅する手もある。

「頼む、エリー。まずはゲート一回分で連れてこられるだけ連れてきてくれ」

エリーは頷《うなず》くとすぐに転移で移動した。

俺のレベル4のゲート魔法だと移動できる人員は一〇人が限度だ。輸送力を増やしたければレベルを5にするか空間魔法を応用する必要がある。例えば俺が火や土のことを理解して色々なオリジナルっぽい魔法を使っているように、空間魔法を応用するにはそもそも空間とは何なのかを理解する必要がある。

エリーはどうやら空間を理解しつつあるらしい。ゲートの輸送力が倍以上になったと先日報告してくれた。遠からず俺の使っている転移に負担のかからないアイテムボックスもできるかもと言っていた。

さて、待ってる間に砦の消火をしておくかね。生き残ったハーピーも、かなりの数が撃ち落とされるか逃げるかしているようだし。

「マサル様、砦にまだ何かいます」

俺の返事を待たずにサティが弓を放った。煙で見えないが命中したのだろう。ぐおおおおといい苦痛とも怒りとも知れない叫びが響く。

まさか地上に生き残り？　俺のメテオに耐えてか？

「来ます！」

サティが矢を放ちながら叫ぶ。気配察知の反応は上空のハーピーとばかり思っていて油断した。恐らくオークキングだ。やつらならメテオでも直撃を食らわなければ、きっと耐える。

「詠唱！　狙いはつけなくていい。適当に撃て！　前衛は抜刀！　この場を死守するぞ！」

最悪だ。エリーがいつゲートで戻ってくるかわからないから空に退避はできない。ここで迎え撃ち殲滅しないと、エリーたちが戻ってきたとき、乱戦のど真ん中ということになりかねない。

ウィルとシラーちゃん、ミリアムが弓を捨てて剣と盾を構えた。サティはそのまま矢を放ち続けている。

詠唱を終えた後衛の魔法が煙の中に飛び込んでいき、いくつかは命中した気配がした。俺も——

「吹き飛べ！【火嵐《ファイアーストーム》】！」

巨大な炎の嵐が舐《な》めるように前方で荒れ狂う。

「後衛は空に退避して援護しろ！」

十数体のオークキングが煙の中から、俺の放った火嵐《ファイアーストーム》さえも抜け眼前に現れた。生き残った数が多い。こちらの前衛はたった五人。守りながらの戦いは難易度が跳ね上がる。空にはまだハーピーの生き残りがいるが、オークキングに囲まれるよりマシだろう。

魔法……いやここは剣だ。魔法だと確実に仕留めきれないかもしれないし、乱戦だと誤射も怖い。

俺が剣を抜くのとほぼ同時に、最前衛のシラーちゃんがオークキングとまともに激突した。金属同士が激突するグシャリという嫌な音。だがグラリとよろめいたのはオークキングのほうだった。

オークキングの腹をシラーちゃんの剣が貫いている。

「油断するな！　まだ死んでないぞ！」

だが心配するまでもなく、フォローに入ったウィルが瀕死《ひんし》のオークキングにとどめを刺した。

サティは……いつのまにか集団の只中《ただなか》に飛び込んでオークキングを翻弄《ほんろう》している。囲まれないよう動き回りながら、一匹また一匹と、倒せないまでも深手を負わせていっている。あれは助けに行くとかえって邪魔になりそうだ。無理に倒さず、撹乱《かくらん》を優先しているのか。半数以上をサティが引きつけてくれたお陰で敵がうまいこと分断されている。

「ミリアムは俺から離れるな」

「はい、マサル様」

ミリアムは剣聖の教えを受け、剣術レベル5を有する一流の剣士へと成長したが、それはあくまでもステータス的にであって、実戦経験はほとんどない。今のところ平気そうな顔をしているが、本番でどれくらい動けるかわからない。

シラーちゃんのほうにまた数匹向かっていった。ウィルも一匹を相手にしていて余裕がない。

シラーちゃんのサイドを守るように位置取り、正面の敵はシラーちゃんに任せ、向かってきたオークキングの一匹にエアハンマーで足止め。もう一匹の攻撃を躱《かわ》し、カウンターで袈裟《けさ》懸《が》けに深く斬り込んだ。

エアハンマーを食らったほうのオークキングが、いつの間にか移動していたミリアムによって首を落とされているのが視界の端に映った。いい反応をしている。雑魚とは何度か戦わせたことがあるが、オークキングにも恐れる様子はない。

絶命したオークキングから剣を引っこ抜いて周りを見回すと、すでに半数以上のオークキングが倒れていた。

サティのほうはあと三匹。こっちも残り三匹。

向かってくるオークキングの攻撃をかいくぐり、胴を真一文字に斬り裂き、再び周囲を確認すると、戦いは終わっていた。

ふーっと息を吐く。思ったよりあっさり勝てた。もういないだろうな？

探知にはもう向かってくる反応はないし、サティたちが引き続き周囲を警戒している。

後方に魔力反応。エリーがゲートでエルフたちを連れて戻ってきたようだ。避難していたリリアたちも降りてきた。

「さすがに一〇〇人まとめてとなると時間がかかったわね……ってオーク？　戦闘があったの!?」

エルフの集団をかき分けて出てきたエリーが周囲を見て驚いた顔をする。

「たぶん例のオークキングだ」

「急に襲いかかられたのじゃが、特に危なげもなかったのう」

数を見て肝が冷えたが、終わってみれば誰一人手傷もない、完勝と言っていい戦いだった。

「そうだな。剣聖とかドラゴンクラスのあいつらとやるよりよっぽど楽だった」

俺がこの前戦ったオークキングよりずいぶんと弱く感じたのは、修行で強くなったからというだけではなさそうだ。

「恐らくこいつらは成り立てなんだ」

「成り立てですか？」

と、サティが首を傾《かし》げる。

「そう。俺たちが経験値を稼いで成長するように、オークも経験値を稼いでキングにランクアップするんじゃないかと思う」

先のヒラギスが壊滅した戦いでは、さぞかし大量の経験値が稼げたはずだ。だからこれだけの数のオークキングが誕生したのだろうが、それだけではオークキングとしては新米、ひよっこだ。メテオに耐えるタフさはあっても、剣聖の修行を経た俺たちに対抗できるほどの戦闘経験がまだない。

それに火嵐《ファイアーストーム》の追撃を食らってかなりダメージがあったのかもしれない。出てきた数からすると半分くらいはメテオで倒せてたみたいだし。

「まあいいわ。作業を急ぎましょう」

「よし。じゃあまずは手分けして水をかけて消火をしてくれ」

ヒラギス方面からは新たな魔物が迫ってきている。せっかく更地《さらち》にしたんだ。強力な砦を築いて迎え撃つ。

■■■■■■■■■■■■

「そこ、何を立ち止まっているか！」

行軍の最中、道を外れ立ち止まった新兵をベテランらしき兵が怒鳴りつけた。

「すいません。さっきからずっと同じタカがいるのが気になって……」

ベテラン兵が見上げると、一羽のタカ。部隊を視界に収めるようにずっとその進路を維持していると新兵が言う。

「あれは俺たちが死ぬのを待ってるんですかね？」

新兵が泣きそうな声で言う。

「あの種類のタカは屍肉《しにく》は狙わん。むしろあれは吉兆、幸運の印だな。タカは目がいいし空の魔物を嫌う。あれがいるうちは空からは襲われん」

少なくとも空からは。だがその程度の幸運ではなんの気休めにもならない、そうベテラン兵は思ったがあえて口に出すことはなかった。

それよりも新兵を所属部隊と合流させようと「無駄口を叩《たた》いてないで……」とまた怒鳴りつけかけ、ベテラン兵はその身なりに気がついた。あまりにも若いし装備がちぐはぐだ。恐らく急遽《きゅうきょ》集められた志願兵の一人。自分の部隊がどこかわからないどころか、所属部隊が存在すらしていない可能性もある。そうでなければこんなところで一人隊列を外れて歩いていない。

「幸運……俺たち生き残れますかね？」

「さあな。貴様、しばらくあのタカを見張っておけ」

「はい」

　することがあれば多少は気が紛《まぎ》れるだろう。それでタカが妙な動きをすれば魔物の襲撃の前兆に気がつけるかもしれない。

「先に進むぞ。お前、名前は？」

　最初は何かの気まぐれだろうとベテラン兵は思ったが、そのタカは一時間、二時間と過ぎても部隊についてくる。新兵はタカを見失っては不安を口にし、また確認しては安堵《あんど》の表情を浮かべるのだが、ベテラン兵の内心はそれを相手にするどころではなかった。

　一度は逃れたはずの死地に、一歩一歩確実に近づいているのだ。周囲に魔物の気配がないか、ずいぶんと神経を尖《とが》らせていた。

　だがほどなく昨日まではなかった不自然な破壊の痕跡に、存在するはずのない、破壊されたはずの城壁をベテラン兵は目にする。

「あれはエルフだ！　味方だぞ！」

　部隊の先頭のほうからそう声があがった。

「無事砦に着きましたよ、センパイ！　やっぱりあのタカが幸運を運んできてくれたんだ！」

　タカはそれに応えるかのように、ぴぃと一鳴きすると、砦の上空を旋回しだした。

　奇妙なタカにいるはずのないエルフ……本当にあのタカが幸運をもたらしてくれた？　そんなわけあるかとベテラン兵は思いつつも、無邪気に喜んでいる新兵に答えた。

「そうかもしれないな」

タカはともかくとして、魔法に長《た》けたエルフの部隊の助力があれば、俺もこいつももしかすると生き残れるかもしれない、そんなわずかな希望を胸に抱いて。

第13話　ヒラギス本土攻略

山間部の峠を抜け、ようやくヒラギス本土と言える場所にたどり着いた。

見渡す限りの平地が広がり、魔物さえいなければなかなかいい土地のようだ。森に潜んで辺りを窺《うかが》う。

「あそこに見えてる町が次の目標ね」

軍のな。それをなんで俺たちがやろうとしてるんだろうね？

すでに時間は午後も半ば。俺が作った峠の途中の砦《とりで》の引き渡しが案外遅かったのだ。やはり敵を警戒しながらだと行軍が通常より遅くなるようだ。

「結構でかいか？　殲滅《せんめつ》はできるだろうけど、俺たちだけだと維持は難しいんじゃないか？」

遠方に見える町は探知外であるが、周囲や町の空には相当数の魔物がうろうろしている。

町中にも当然かなりの戦力がいるだろうことが予想される。殲滅はできるだろうが、そのあとが問題だな。

エルフの一〇〇人は一旦《いったん》戻ってもらって、今は俺たち一〇人だけである。普通のエルフは魔力の関係で長時間の稼働はきついし、俺たちと比べると格段に機動力も火力も落ちる。

そのエルフたちをもう一度呼び出したとしても、大きな町の防衛には少々厳しい数だ。

やろうと思えばできなくもないだろうが、いま占領すると夜通し……明日の昼くらいまで維持することになりそうだ。

どうも軍は一旦途中の砦で停止するようだ。まあ今から移動するとここに到達する頃には日は落ちているだろうし、賢明な判断ではある。

「軍の動きはやっぱりないか？」

引き続きほーくで偵察してもらっているティリカが頷《うなず》いた。

「軍の後続が到着した。周辺に偵察を出して、どうするか協議をしているみたい」

手堅いな。姿を見せたくなかったとはいえ、ほとんど何も教えず引き上げたのはまずかったか。

先遣隊が見えた時点でエルフの大半を送り返し、続いて俺たちも撤退。少数の残ったエルフにオークキングを含めて周辺の魔物をあらかた殲滅したことだけ告げさせて、そのエルフも先に進んだ俺たちに合流してからエルフの里に送り返したのだ。

まあ、それでこっちの思惑どおりに動いてほしいというのは贅沢《ぜいたく》というものだろう。

「あとほーくを休ませてたら干し肉を貰《もら》った」

「それはよかったな。一応ほーくが捕まったりしないよう気をつけるんだぞ」

ティリカがちょっと頬を緩めて頷いた。召喚獣は食事の必要はないが、普通に食べることもできる。同調を深くすれば五感すべてを共有できるらしく、それがなかなか面白い感覚らしい。

「今日はもう家に帰るか？」

ほーくも動かしっぱなしでティリカの負担も大変だろう。俺も今日はもう十分に働いたと思うし、町の攻略は軍の動きに合わせたほうが効率がいい。

「それとも暗くなるまで狩れるだけ狩って帰るか……」

こっちには多少のリスクが生じるかもしれない。ここまで山間部で好き放題奇襲をかけていたのだが、平野部で攻撃をかけるとなると、すぐに俺たちの存在が軍や魔族にバレるだろう。

やられるとかそんな心配はさすがにないが、平地で目撃者を出さないよう殲滅するのは要求レベルが高すぎる。

「どっちにしろ今日は家のほうに帰るのね？」

「戦場で徹夜とか嫌だろ。長丁場になるんだ。帰れるときは家で休みたい」

「ブルムダール砦へは戻らないの？」

「それは面倒なことになりそうな気がするし」

神殿側が捜しているだろうし、ギルドに話がいってそうで厄介だ。ここまで俺たちの姿は一切見られてないが、出撃したのはわかっているだろうし、エルフが関わっているとなれば俺たちが関係しているだろうことは想像に難くないだろう。ヒラギス居留地で、俺たちがエルフの関係者なのは調べるまでもなくわかることだ。

アンのことを考えると、最悪拘束される可能性まで考える必要があるかもしれない。

「ごめんね、私のほうで対処できていればよかったんだけど……」

アンがすまなそうに言う。

「気にするな。事態が急に動いたのが何もかも悪い」

時間に余裕がないんだよな。

軍があっさり負けてしまったのがそもそも悪いのだが、敵がいる戦争だ。予定どおりいかないのは仕方がないが、かといって決死隊なんて編成して捨て石にするのもひどい話だ。

俺たちのほうもギリギリまで修行をしての行動だったが、それも仕方のないことだった。お陰で前衛に不安はなくなったし、ミリアムもさすがに師匠に直接指導してもらっただけあって、経験値稼ぎの狩り以外の、ほぼ初めてと言っていい実戦でオークキング相手に見事な動きをしてみせた。修行の日程を削らなくてよかった。

「時間があるならもうちょっと稼いでおきたいわね」

エリーが言うのも、今日は思ったより経験値が稼げてないからだ。ここまでの各自のレベルアップは折を見て教えてあるのだが、途中の砦での防衛で襲ってきた魔物が案外少なかった。

エルフの里での防衛戦が異常だったのだろう。

砦からここまでも魔物を見つけては殲滅していたが、それは後衛が中心。前衛の経験値がもっと欲しいし、後衛もまだまだ稼ぎ足りない。

「マサル様、雨が降りそうです」

やはり効率を考えると軍の動きに合わせて……そう考えていたときにミリアムが俺に言ってきた。

確かに雲が出てきている。

「ここの雨は短い時間ですが、降り出すとかなりな土砂降りになります」

つまり視界がほぼなくなる。時間的に夕立かスコールか。

「雨に紛れて奇襲ができそうってことか？」

ミリアムが頷いた。

「悪くない案だ」

また場当たり的な行動になっているが、状況に合わせて臨機応変に動くのも大事だし。

「じゃあまた、わたしとリリアでサンダーかしらね」

まあ元々町への攻撃に対してはそれくらいしか選択肢はない。俺がやると町ごと消滅してしまう。魔物の襲撃で元々損壊しているだろうが、あの町は軍の拠点となる予定だ。修復するにも規模が規模だし、必要以上にぶっ壊せない。

アイス系だと氷が解けるのをしばらく待つ必要があるし、建物への影響がよくわからない。解凍したら劣化してそうな気がする。

そうなるとサンダー系が一番いい。サンダーで火が出ることもあるが、雨なら都合もいい。

「降ってきたら素早く町の近くまで移動して二人がぶっ放す。いいな?」

あとはまあいつもの流れだな。素材を回収しつつ、生き残りにとどめを刺していく。そして適当に掃除したら撤退する。いくら俺たちが強いといっても、この少人数ではできることに限りがある。倒せても維持ができない。

さほど待つこともなく辺りが暗くなり雨が降りだした。

低空をフライで移動。土砂降りの雨は風精霊が防いでくれるので気にならない。思ったより視界はあるが、遠くになると霧がかかったように薄ぼんやりしている。発見される可能性は高いが雨音もすごいし、さっきまで飛んでいたハーピーたちも雨を嫌って地上に降りているようだ。

町の側《そば》までうまく発見されずに近寄れ、恐らく元は農地だったであろう雑草の生い茂る草むらに身をひそめることができた。

風系雷撃最強呪文【霹靂《へきれき》】の詠唱が始まった。

二人でだいたい町の範囲はカバーできるだろうとのことだ。探知は敵が多すぎてよくわからないし、視界もないし雨音も大きい。正直、敵の動きはよくわかっていない。だが、範囲がわかってさえいれば些末《さまつ》なことだ。確実な殲滅を目指すため、威力はなるべく強めでいく。

そして二人の詠唱が完了――その刹那《せつな》、視界は閃光《せんこう》で染まり轟音《ごうおん》が響き渡る。

雷光が町全体を覆い尽くす。

「どうじゃ!?」

大規模な魔力を放出し、高揚した様子のリリアが聞いてくる。

「……半分以上は減ったかな」

探知の反応はかなり減っていたが、それでも半分か、三分の一くらい生き残っただろうか。

「できるだけ威力は強くしたんだけど、建物の中に入られるとダメね」

森の木々くらいならお構いなしだが、さすがに屋根付きの建物だと一撃で倒せるほどの威力はなくなるようだ。

雨での奇襲はいい考えだと思ったんだが、魔物も雨を避けて建物に入るくらいはするか。

ちょっと失敗したかな。

「どうする?」

中に突入して前衛でなんとかするか、いっそ俺の魔法で破壊し尽くす。それとも諦めて明日にするか。

せっかくだから倒した分は回収しておきたい。迷うところだ。

「雨がやむわね。わたしたちでもう一度攻撃してみましょうか？」

「そうだな……」

雨がやめば魔物も外に出てくるだろうし、あいつらは血の気がひどく多い。仲間が倒れていて、大人しくはしていないだろう。少し時間をおいて攻撃すれば効果的かもしれん。

「よし。雨がやんだらもう一度だ」

だけど問題は魔物側もやられっぱなしじゃないってことだな。町の城壁はところどころ崩れていて、今もそこからひょっこりオークが顔を出した。

弓の準備をしている前衛には待機をしてもらう。敵がいることとくらいはわかっていそうな感じではあるが、あの様子だとこちらの居場所までは特定できていない。ほどなく俺たちを捜すようなそぶりでオークやハーピーがうろつき始めた。

こんなことなら前の詠唱中に土壁でも作っておくんだった。いま襲いかかられると周囲には何も障害物がない。

「詠唱を始めてくれ」

雨は完全に収まった。探知の反応は活発に動き出している。そして詠唱が開始されると、魔物が一層騒がしくなった。さすがに見つかったようだ。

「前衛、敵を近寄らせるな！」

俺の命令でサティたちの攻撃も始まった。こちらへと向かってきたオークたちがバタバタと倒れていく。

俺はどうするか。前衛に加わって攻撃に参加してもいいし、土魔法で防御に回ってもいいし……ゲートで逃げることも考えるか。

「来たれ、来たれ。すべてを貫く最強の雷撃。神なる雷よ、天より轟《とどろ》き——」

詠唱がそろそろ終わりそうだが魔物がかなり集まってきてる。こりゃ回収は諦めてさっさと逃げたほうがよさそうだ。前衛の能力を考えればさほどの危険はないだろうが、探知範囲全域に魔物の反応がある。戦争はまだ始まったばかり。素材がもったいないとかで無理する場面でもないな。

「『テラサンダー!!』」

再びの閃光と轟雷《ごうらい》。探知の光点が潮が引くように消滅していっている。戦果は十分。

「撤退しよう。エリー、ゲートはいけるか？」

防御用の土壁を周囲に作るための詠唱をしながら言う。

「もちろん」

「町の中の魔物もまだ残ってるし、周りは魔物だらけだ。今日はもう無理しないでおこう」

俺の言葉に頷きエリーが詠唱を始める。俺のほうの詠唱が完了し、土壁が周囲を覆う。

今日は色々あったがどうやら無事帰れそうだ。朝からずっと動きっぱなしだったし、実戦はひどく神経を使う。オークキングが出てきたときはガチで肝が冷えたし、今日は本当に疲れた——

「「お帰りなさいませ！」」

ゲートが発動し視界が転換する。

俺たちに気がついたメイドちゃんたちが何人かで出迎えてくれた。ずっと待機してくれていたらしい。

今日の予定がわからなかったんで置いていって正解だったな。まあ連れ出していたところでどこかでゲートで送り返せばよかっただけのことなんだろうけど。

「食事の準備を頼む。まずはお風呂で汗を流そう。話すことは食べながらまとめていいな？」

まずはお風呂だ。楽しいお風呂で汗と疲れを流そう。

出たら今日の反省会とレベルアップした分のスキル振り、予定が大幅に狂ったので今後のことも相談しないといけない。

これはかなり長い話し合いになりそうだ。

■■■■■■■■■■■

「まずは反省会ね」

お風呂のあと、大食堂で食事を開始してすぐにエリーが言った。

「今日はサティがずいぶんとがんばったのう」

リリアがナチュラルに上から目線で言う。しかし意識してやってるんじゃないだろうし、当のサティも褒められて嬉《うれ》しそうだ。

「うん。今日の戦果は後衛のほうが多かったけど、それも前衛が守っていてこその成果だしな。最初に突っ込んできたオークキングを受け止めたシラーもよくやったぞ。あと首を取ったミリアムもな」

「兄貴、おれは？」

「お前は……普通にがんばってた？」

「なんで疑問系なんすか！　ちゃんと戦ってたじゃないすか！」

確かにちゃんと戦ってた記憶はあるが、俺は予定外の展開で考えることが多かったし、ミリアムが心配だったしでウィルまで目配りできてなかったな。

「そうねえ。しっかり前衛としての役目は果たしてたけど、あんまり目立ったところはなかった気がするわね」

うちの副将のエリーさんも似たような意見のようだ。こいつは王子様のくせに普段ほんとに目立たんな。

「お前もシラーも修行で腕が上がったし、安心して任せられるようになったってことだ」

ちょっとしょんぼりした様子のウィルをフォローしておく。

「それにオークキングと一対一で戦って倒してただろ。フランチェスカに言えば、きっと羨《うらや》ましがるぞー」

フランチェスカは派遣されてくる予定の王国軍遠征部隊と合流するまでは剣聖と一緒のはずだ。

だがヒラギスへの参戦は恐らく実家の父母と伯父であるリシュラ国王が許すまいという話だったのだが、どうにか説得できたのだろうか？

「そうっすね！」

ウィルのフランチェスカへのアプローチは相変わらず進展がない。というかそんな余裕はなかった。修行だけでみんな必死だった。まあそれはそれで苦楽を共にした絆みたいなのは生まれたはずだが……もうあそこには戻りたくねーな……

「はい！　今日は何がありましたか？」

俺の後ろで給仕をしてくれていた留守番メイドちゃんの一人が手を挙げて尋ねてきた。どうやら今日のことはまだ何も聞いてないらしい。

この娘《こ》らにも一通り話しておいたほうがいいだろうな。仮にも加護候補なんだし、ミリアムを除いて四人のヒラギス出身者がいる。

「じゃあ最初から話していくか」

「そうじゃな。我らが軍の先遣隊の動きに合わせてここを発《た》ったのは知ってのとおりじゃが……」

そうリリアが話しだした。

「その先遣隊が魔物の手によって壊滅しておった」

「っ!?」

軍は壊走。被害は甚大。和気あいあいと戻ってきた俺たちからまさかそんな話が出るとは思わなかったのだろう。

続けてアンジェラがぽつりぽつりと語る前線の砦での夜を徹しての治療活動の様子。そして夜明けすぎ、俺たちとアンとティリカが合流する。

「決死隊のことを知ったマサルは言ったのじゃ。今からちょっと出かけていつもの狩りに行こうとな！」

リリアのセリフに「おお～」とメイドちゃんたちから感嘆の声があがる。

「じゃがそれを阻む者たちが現れた。あろうことか聖女アンジェラを我がものにしようと神殿騎士の一隊が我らの前に立ち塞《ふさ》がったのじゃ！」

「我がものにしようとかしてないからね？　単に危険なところはダメだって止めようとしたってだけで」

「似たようなものであろうが。しかし決死隊はすでに出立しておる。騎士団にかかずり合っておる時間の余裕はない。そこにサティが――」

剣聖の伝説の再現。あれはなかなかスカッとしたな。

「もはや邪魔者はいなくなった。そうなれば魔物の命運など決まったも同然よ。妾《わらわ》のフライで前線へと飛び立つと、雲霞《うんか》のごとく現れる魔物など瞬く間に殲滅じゃ！」

「それでいきなり飛び出てきちゃったけど、ギルドへはもう行かないほうがいいか？」

リリアの語りが一段落ついたところを見計らって発言をする。リリアの独演会みたいになってるけど今は反省会だしな。

「たぶんそのほうがいいわね。それに今のところ、うちはなんの仕事も請け負ってないわけだし」

冒険者ギルドからはエリーが簡単に仕事の概要は聞いていたが、それもこれもパーティリーダーである俺が承認してからってことで、実際にはどんな仕事も受けていない。受け入れていない。

ヒラギス奪還の軍に加わるとは明言しているが、今まさにそれを始めたところだ。つまり好き勝手やっても差し支えないと言えなくもない。

「じゃあこのまま顔は出さないでおこう」

どんな藪蛇《やぶへび》になるとも限らない。それに軍と合流してしまうと、こうやって家に戻るのが難しくなる。

そこからは魔物との戦闘の振り返りだ。やはり山間部での遭遇戦だと探知が無類の強さを発揮するな。

そして途中の砦での数時間の防衛戦。

「エルフにも礼を言わないとな」

「それはさっき連絡がてら言っておいたわ」

ああ、まずはエルフにも戦闘が終わったとの連絡が必要だったな。いつまでも待機させては悪い。

さすがエリーさん、気が利く。

「そういえば、ほーくはどうした？」

「ゲートの前に戻した」

気になったのでティリカに尋ねた。召喚獣は距離が離れすぎるとリンクが切れて独自行動になって、魔力がなくなった時点で勝手に消えるから特に問題はないが、これも忘れるのはよろしくない。

それから砦を軍へ引き渡し、道中の魔物を殲滅しながらの移動。このあたりも普段の狩りの延長だ。特に問題もない。

そして平野部での町への二度にわたる広範囲雷撃。

「一回目で半分くらい。二回目で九割くらいは殲滅できていたはず」

だけどそのあとがまずい。町の周囲の敵もさすがに俺たちに気がついて殺到してきた。倒せなくもなかっただろうが、後衛が危険に晒《さら》される。

「今回茂みに篭《こ》もれたから手を抜いたけど、平地でやるなら砦を作ってからのほうが安全だな」

簡易な砦を最初の攻撃後すぐくらいに作って、防御しながら二回目の攻撃。そして町への突入か。必要ならエルフも召喚する。

まあそれをやっちゃうと今頃魔物への対応で、風呂どころかご飯すらまだだってことになりかねなかったけど、明日になって軍の支援があるならそんな感じにやることになるのだろうか。

「町を壊していいならいくらでもやりようはあるんだけどな」

メテオで更地《さらち》にして生き残りがいても、今日みたいに二発目を撃ち込むか前衛で処理すればいい。だが勝手に動き回った挙げ句、破壊の限りを尽くすのも支障があるだろう。

「いざとなれば再建を手伝えばよいのではないか?」

「まあ、いざとなったらな」

リリアは簡単に言うが町づくりもするとなると、また時間が取られるしそれは避けたい。話し合いの結果、余裕のあるうちはこのまま非破壊の方針でやっていくことになった。町への損害を度外視するのはもっと状況が悪くなってからでいい。

「それで町に突入するとなると前衛がもっと欲しいよな」

剣聖率いるビエルスの剣士隊が使えれば最高なんだが、ゲートの公開とトレードになる。

師匠とホーネットさんとかの信用できるメンバーだけ？　ちょっと少ないし、増やそうにも今日明日の時間のなさで信用できるかどうかの判別をするのも難しい。

エルフの誰かにフライで運んでもらうか？　それが現実的な気がするが、剣士隊を連れて歩くとなると今日みたいにゲートでの即時撤退が難しくなる。

「難しいな」

皆で剣士隊の同伴を検討してみるが、やはりそういう結論になった。

「今は手持ちの戦力でやるしかないわね」

情報開示をしたくない以上、仕方がない。まあまだ戦力に余力はある。今日撤退したのは無理をしたくなかったからだ。

「師匠へ助けを求めるのは、いよいよ危ないとなったらにしよう」

今日の反省会はこんなところか。スキルの割り振りは時間がかかるし個別にやるから後回しにして……

「なら次は今後の方針ね。明日はまず今日の町の攻略をするとして、それからどうするの？」

ここまでやった以上、今さら戻ってギルドの指示を仰ぐという選択肢はない。エリーは最初から派手にやるのに異存はないだろうし、他のみんなも特に異論はなさそうだ。

今回のそもそもの目標はヒラギス奪還であるが、さすがに俺たちだけでは無理があるだろうし、少々目的がふんわりしすぎてる。もう少しはっきりとした目標が必要だ。

「たしかこっちの軍は、北の首都を目指すと見せかけて陽動をかけるって話だったな？」

「ええそうね」

その間に南部方面軍が南からヒラギスを順に制圧していく、そういう計画らしい。

「だったら俺たちがそれを手伝ってやろう」

軍の基本方針に沿う形で動く。それならば後々文句も少なくなるはず。

「じゃあ次はヒラギス北部で陽動ね？」

「いや、まずは南に向かおうと思う。せっかくだし南部方面軍も助けてやろう」

「それはよい考えじゃな」

エリーたちも頷く。何日かかけて南を荒らす。町への攻撃が中心になるだろうけど、こだわらずにとにかく魔物を殲滅していく。北方方面軍は放置になるが、剣聖率いるビエルス剣士隊が加わっているはずだし任せておけばいい。

それとも接触してちゃんと頼んでおいたほうがいいだろうか？　ミリアムなら顔は割れてないし、こっそり接触させればいいか？

師匠にはなるべく前線近くにいてもらって、いつでも動けるようにしてもらいたい。

「そうすると魔物の目が南に向くはずだ。まあ陽動の効果はともかく、魔物の数はとにかく減らす」

「あとで地図を見て攻撃しやすい町とか村を検討してみましょう」

ヒラギスの地図はエリーが入手済みのようだ。

「そして頃合いを見て、首都を直撃する」

首都をつくと見せかける必要などない。実際に攻撃してみせればいい。それは最高の陽動になるだろう。

「ヒラギス首都を我らの手で奪還するのじゃな！」

基本は今日のように攻撃して、反撃を食らう前にさっさと逃走する。それがもし奪還までとなると何か作戦を考えないとダメだろう。

「うまくいけばな？」

「マサルがそう決めたのじゃ。うまくいくに決まっておる」

「まあ、そのあたりは臨機応変にいこう」

途中で軍とかギルドに捕まって怒られるかもしれないし。

「じゃあ次はポイントの割り振りだな。どれにするか決めてるものから聞こうか」

首都を狙うまでにまだまだレベルも上がって戦力も強化されるのだ。どうにかなるだろう。

第14話　エルフのオレンジ隊

少し前の話だ。

エルフの部隊にお揃《そろ》いの部隊服が必要だろうとリリアにエルフの里に連れていかれた。それで持ってこられたのが明るいオレンジ色のローブである。かなり派手な色だ。

それ着るの？　と内心思ったが人の好みはそれぞれだし、その色がいいというのなら止めまい、そう思ったのだが俺たちの分もあるという。

「マサルが部隊長であろうが。それに……」

ローブに袖を通し、フードですっぽりと頭を覆って言った。

「こうやって着ておれば誰が誰だかわからんじゃろう？」

体格の違いはどうしようもないが口元まで隠せば、戦場で遠目に見る分には個人の識別はほぼできなくなるな。

「前衛だと剣とか盾が邪魔だな」

「こういうのも用意しておる」

マントタイプか。フードもついていて、前を閉じれば見た目はローブとほぼ同じようになる。装備をつけて試着してみたが、装着感はそう悪くない。まあマントは使ったことあるしな。

一緒に来たサティにもローブのほうを試着して動いてもらったのだが、慣れれば平気だと言ってひょいひょい飛び回って剣を振るっている。

しかし、魔法使い風のローブで熟練の剣士の動きをしているのでかえって怪しい。前衛はフルヘルムにして装備を揃えればいいのかね？　腰の剣は外すとしても、フル装備の上からローブは無理がある。

しかし、これによって正体を隠して戦えるという発想はいいのだが、問題もある。

「でもこれじゃエルフに負担がいくだけだろう？」

何かやらかしたとき、正体不明じゃなくてエルフがやったってことになってしまう。

「それがどうしたというのじゃ？　もとより魔物とは年中やりあっておる。今さらじゃな」

だが今まで以上の負担になるのは確実だろう。もし集中的に狙われたとき、エルフの里は逃げも隠れもできない。

「我らには十分な利益があるぞ？　表向きの戦果はすべてエルフのものということになろう。我らと同じだけの戦果を魔物相手に上げようと思えば、どれほどの犠牲と時間がかかるやら想像もつかん。エルフの名声は世に鳴り響くじゃろう」

「名声か」

ちやほやされたいというのはわかるが、犠牲を覚悟してまで求める人の気持ちがわからない。

「国の威信と言ってもよい。これまで我らは辺境でひっそりと暮らしておったからの。王国ではそれなりの扱いではあるが、帝国ではどうじゃ？」

エリーの実家での話は聞いている。お義兄《にい》さんにかなり胡散臭《うさんくさ》げな歓迎を受けたらしい。まあ後日エルフ城に招待してたっぷりと歓待してやったらしいが。

「それにどのみちパーティには妾《わらわ》とルチアーナがおる。周囲にもエルフは多い。この期に及んで無関係だと見逃してもらえるわけもなかろう？　我らはすでに命運を共にしておるのじゃ」

功績を譲るのはいいし、魔物のリアクションについては想像するしかない。ここのところさらにエルフには世話になっているし、エルフ側がいいというのなら渡りに船な申し出ではある。

「わかった。機会があれば使わせてもらおう」

「うむ。まあマサルが我らの負担を気にするというのであればな？　もう四、五人、加護候補のエルフのお付きを増やしてくれればそれで十分じゃ。ああ、今すぐでなくともよいぞ。今は修行で忙しいからの」

我らは長命だ、そうリリアは続けて言う。今は二人だけだが、もし加護持ちがあと二人ほどでも増えれば？　四人の加護持ちが守れば、エルフの里の守りは鉄壁となるだろう。それがエルフの寿命の分だけ続くのだ。その利益は計り知れない。

「けど色は変えよう。こんな派手な色はちょっと好みに合わない」

「ふうむ。オレンジがよかったのじゃが、こういうのもあるぞ」

新たに出してきたのは緑に薄い青。緑は森で、薄い青は空で迷彩になるという理屈なようだが、どっちにしろ派手なことに変わりはない。

「いいかリリア。派手な格好をして派手なことをするのは当たり前だ」

「まあそうじゃな？」

「そこを地味な格好をして派手なことをすれば……？　より派手さが際立つんだよ！」

「おお！」

こうしてもっと地味な焦げ茶になった部隊服の、本日がヒラギスでのお披露目である。

むろん俺たちパーティも全員、オレンジ隊とお揃いの装備に変更している。

獣人に関しては耳がどうしてもネックになるのだが獣人は特に珍しくもないし、所詮《しょせん》は前衛だ。

戦局を左右するほどの派手な魔法を使って狙われるわけでもないし、変に隠す必要もないだろうとヘルムは猫耳タイプだ。エルフに足りない前衛として雇われたという設定である。

「魔物はどんな感じかしら？」

エリーが尋ねてきた。暗いうちに昨日の町——ラクナという名前らしい——を臨《のぞ》む位置に転移して様子を窺《うかが》っているところだ。

「多いな。そこらじゅうにいる。昨日の二倍か三倍はいそうだ」

「別に問題ないでしょう？」

エリーが事もなげに言う。確かに倒すだけなら問題ないかもしれない。

「あまり早く始めると魔物が集まりすぎるかもしれない」

「それこそ全部倒してしまえばいいだけの話じゃない」

俺もそうは思うが、いくら火力があってもこちらは少数。想定外に強い敵がいるかもしれないし、何かのミスをするかもしれない。あまり長時間魔物と対峙《たいじ》はせず、火力をぶつけて即移動が理想的だ。

「昨日みたいに町へこっそり接近するのは無理だろうし、やるなら強行突破になるけど……あそこに突っ込んで軍が来るまで半日もたせるのはつらそうだぞ？」

魔物の数に底が見えないのが少々怖い。

「軍の先遣隊が見えた。こちらへと向かってきている」

ようやくほーくを偵察に出したティリカが報告してきた。こっちは予定どおりだな。

「そのまま監視を頼む。師匠がいたら教えてくれ」

こっちに来る前にミリアムをブルムダール砦《とりで》へと派遣したのだが、師匠とビエルスの剣士隊はすでに前線へと移動したあとだった。

「いた。ブルーブルーが見えた。ホーネットもいる」

即座に発見したようだ。ブルーブルーは空から見ても相当に目立つのか、そのブルーブルーを先頭に、ビエルスの剣士隊は先遣隊の中ほど、軍の第二集団にいるとティリカが報告してくれた。師匠が見当たらないようだが、また隠形でもしてるんだろう。

「何か伝える？」

やろうと思えば召喚獣でも意思疎通はできなくもない。地面に文字を書けばいいのだ。

「必要ない。そのまま軍と一緒に戦っててもらおう」

筆談は時間がかかる。魔物は大量で時間が惜しいし、軍の只中《ただなか》では誰に見られるかもわからない。

師匠はこっちのことはだいたい把握している。エルフの部隊のことももちろん知っているから、連絡がなくても俺たちの動きは察してくれると思おう。

「軍はどれくらいでこっちに来られると思う？」

「昨日のペースを考えるとお昼前くらいかしらね？」

エリーの予想にティリカも頷《うなず》く。

「ここは後回しにしよう」

中途半端に攻撃するくらいなら一気に制圧してしまいたいし、そうするとエルフを呼んだとしても戦力が十分かどうか？　やってみて足りませんでしたでは目も当てられない。ここは安全第一だ。

「まずは南方に移動して近場の村を威力偵察して、頃合いを見てまたここに戻る。そして軍の動きにタイミングを合わせて町を制圧する。これでどうだ？」

街道方面の魔物は昨日だいたい狩っておいたし、軍のほうは師匠たちがいるなら任せておけば大丈夫だろう。

「悪くなさそうね」

「それじゃあ今日の狩りを始めるか」

一旦《いったん》街道沿いに南へ向かってある程度進んだところで進路を東へ。山を越えるとすぐに村が一つ見えた。雑草に侵食されているし家々の壁もぼろぼろでかなり荒れ果てている。フライで少し高度を取って周辺の地形も確認しておく。高空からだと村がいくつか確認できた。

一旦降りて転移ポイントの確保と、攻撃計画の確認をする。

「地図によると村が五つと町が一つあるわね」

「村を順に攻撃して、時間があれば町もやろう」

接近してみると最初の村とその周辺にいた魔物は数えられる程度の数だった。たぶん五〇を超えるくらいだろう。前衛だけでも余裕だが、やはり魔法で殲滅《せんめつ》するのが安全確実だ。

魔法ばかりで前衛の稼ぎどころが少ないのが気になるのだが、探知のみだとオークキングみたいなのがいてもわからないし、雑魚のみが相手でも接近戦自体のリスクがある。

それに無理をして稼ぐ必要もさほどない。後衛とレベルに格差は生まれるが、剣聖のもとで修行したのもあって、剣のみならミリアムでさえオーク程度が相手なら無双と言っていいレベルにまで到達している。

ミリアムは現在レベル21。

隠密レベル4　忍び足レベル4　気配察知レベル1　聴覚探知レベル1
肉体強化レベル5　敏捷《びんしょう》増加レベル3　器用増加レベル3
盾レベル2　回避レベル1　格闘術レベル1　弓術レベル4　剣術レベル5

上げる余地はまだまだあるが、今回のような魔物相手では十分すぎる力を持っている。

同じく新人のルチアーナがレベル28。

魔力感知レベル1　魔力増強レベル5　MP回復力アップレベル5

ＭＰ消費量減少レベル５　コモン魔法　生活魔法
精霊魔法レベル４　水魔法レベル５

スキルポイントはまだ余っているのだが精霊魔法をレベル５にするにはまだ足りないし、たとえばもう一系統、空間魔法レベル５を取ろうと考えればレベル50まで上げる必要がある。

前衛は魔物だけ狩るより修行で奥義とかを覚えたほうが最終的には強くなりそうなんだが、魔法使いはポイント次第で恐ろしく汎用性《はんようせい》が高まる。

昨夜は今後の育成を含めて相談しながら、前衛後衛関係なしにもっと稼がないとという話にもなったんだが、最終的には今回の主目的であるヒラギス奪還を優先すべき、レベルに差が出るのは仕方がないという結論になった。そうなると魔法での殲滅が主力となってしまうが、前衛の稼ぎ場所は今後いくらでも出てくるだろう。

それで昨日と同様村へ範囲サンダーをぶっ放したんだが、燃える家が数軒出た。消火しながら獲物の回収を行う。生き残りもいたが、位置は探知できる。空から接近して弓で始末した。

「思ったより面倒だな」

「そうね。もう獲物とか放置でもいいんじゃないかしら？」

獲物が村のどこに落ちてるかわからないから、村全体を回って見なければならない。

ある程度の位置は倒す前の探知で把握できるが、しっかり探して回収しておかないと今は夏場だ。野外ならともかく、町中で大量の死骸を放置なんかしたらどうなるか。想像したくもないし、食料調達の意味もある。回収できるところはなるべく回収だ。

「人手が欲しいならまたオレンジ隊を呼べばよかろう」

リリアの進言を少し考える。正式名称はダークオレンジ魔道親衛隊というのだがオレンジ隊と普段は呼んでいる。総員二〇〇名六部隊で構成されており、昨日は三部隊一〇〇人を呼び出したから残りも呼んでほしいとの要望が出ている。ちなみに一部隊は三三人で全体の指揮を執る総隊長と副長を入れてちょうど二〇〇人となっている。

能力優先で選抜されたエリート集団を、獲物の回収なんていう雑用に使うのはちょっと気が引けるのだが、呼ばないなら呼ばないで延々エルフの里で待機するだけになる。普段は招集してから出動の流れなのだが、今は即時出動態勢になっている。呼ばないのももったいない。

「じゃあ頼む」

エリーのゲートで現れたのはひどく異様な集団だった。暗い色のローブを身に纏《まと》い、フードで顔を隠し、誰も一言も発しない。密集した一〇〇人を守るように、外縁部の者がそれぞれの武器を警戒するように構えている。これは転移先での予期せぬ事態に備えた基本陣形だ。

昨日は戦闘の真っ最中でじっくり確かめる暇もなかったが……おかしいな。地味な感じを想定したのに、ぜんぜん違うぞ。色合いは確かに地味めなんだが、人数が多すぎるだけだろうかね？

「四番五番六番隊一〇〇名、罷《まか》り越しましてございます」

人波をかき分け、一人のエルフがやってきて頭を下げ、静かな声で言った。

「ご苦労、よく来てくれた。ここは俺たちだけだから楽にしてくれていいよ」

「はい。それで今回はどのような任務でしょうか！」

フードを上げ、少々興奮気味なのか上ずった元気な声で聞いてきた。初仕事だものな。しかもヒラギス奪還に関しては神託が出ていることもあって、ずいぶんと張り切っている様子だ。

「これから周辺の村を攻撃して回る予定だ。村や町は俺たちの魔法で殲滅するから、そのあとの制圧と倒した魔物の回収を手伝ってほしい」

倒した獲物の回収を手伝ってほしいだけなのだが、ぶっちゃけすぎるのも士気を下げることになりそうだ。

「ヒラギスの町や村を解放するのですね！」

エルフちゃんたちからきゃーと黄色い歓声があがった。集団としては不気味なところがあっても、中身はかわいいエルフちゃんたちである。しかもこの娘《こ》らは追加の加護候補も兼ねているという。

若くて未婚。共に戦った顔なじみのほうが加護が付きやすいだろうという理由だ。

「一時的にな」

まだ俺たちの作戦方針は伝わってないようだし、簡単に教えておくことにした。

「――というわけで、これが最初の南方への陽動となる」

「派手にやればいいのですね。お任せください！」

「いや今はまだ後方に回っててくれ」

「なぜです？　我々なら問題なく戦えます！」

「ここは前哨戦だ。本番はこのあとだが、魔力が切れていたら交代してもらうぞ？」

魔力補充は可能だが体力的な問題もある。魔力が切れるほどの戦闘をしたなら交代すべきだろう。そうなると昨日も活躍した一番二番三番隊がまた出てくることになる。

「わかりました。後方支援に徹します」

そうしてエルフ一〇〇人を引き連れて残り四つの村を殲滅して回った。一ヵ所三〇分ほどだろうか。さすがにこれだけ人数がいると回収も早い。

三つ目の村以降はみんなで競争しながら俺のもとへと獲物を集めてくれた。ご褒美は俺のお褒めの言葉くらいでいいらしい。

全部で二〇〇人もいるのだ。一度だけ顔合わせは行ったが当然一人ひとりの名前など覚えてないし、この機会に名前を覚えてもらおうという趣向のようだ。

楽しそうにきゃーきゃー言いながら一生懸命働く姿は、物がオークやハーピーの死骸でなければ微笑《ほほえ》ましい光景であるのだが、ノリが軽くて加護のほうはいまいち期待できそうにない。

加護だ使徒だ神託だって最初から雑念が多すぎるんだ。次に加護候補を探すときは一切情報を教えないでいたほうがいいのかもしれない。

「ティリカ、軍のほうは？」

最後の町を前に時間の余裕を確認しておく。

「順調に進んでるけどまだかなり時間はかかりそう」

それならと、町の攻略法は相談済みだが実地はまだだったので、ここで予行演習をすることにした。

まずは正面の敵を排除して接近。土魔法で攻撃拠点を作る。必要なら周囲の敵を掃討。そして町の中へ範囲魔法攻撃。

町へ突入前に外側の掃討をする。制圧中に外から来られても困るからな。内部はすでに殲滅済みで生き残りは少ないはずだ。後回しで問題ない。

外部の安全を確保したら、城壁をエルフに守ってもらい内部の制圧をする。

「生き残りは八。オレンジ隊は外の敵を警戒しててくれ」

町といっても田舎のようで、サイズは村に毛が生えた程度。違いといえば領主自らが居住するため、城壁がしっかり作られているくらいだろうか。町と村ではあからさまに防御力に違いがある。

町に侵入し手近な目標に接近してみると、こちらに気がついたオークが雄叫《おたけ》びをあげた。これで他の生き残りも気がついて俺たちのほうへと向かってくるはずだ。見通しのいい迎撃しやすい場所で待ち構え、あとはさっくりと倒すのみ。

全部倒し終えたら城壁のエルフを呼び寄せて回収作業をして終了だ。

「お疲れさん。優勝は君たちのチーム？　とりあえずどこか安全地帯に移動して飯でも食べながら休憩しようか」

多少ノリは軽くとも、エルフは真剣で命懸けだ。できれば安全運用して誰一人犠牲にせずに戦いたいが、それはむしろ侮辱だと以前リリアに言われたことがある。軍にはすでにかなりの犠牲が出ているし、これからも出続けるだろう。戦場に出る以上、死ぬ可能性からは逃れられない。

志願してきた以上、このエルフたちにはその覚悟はあるだろうし、俺にはそれをきちんと見届ける義務がある。だからあんまり仲良くなりたくなかった。このうちの誰かが死ねば、俺は絶対ショックを受ける。間違いない。

エルフの手前おくびにも出さないが、久しぶりに胃が痛いわ……


休憩後、再びラクナの町を窺う森の中へとやってきた。魔物の数は早朝見たときよりさらに増えている感じで数えるのも馬鹿らしくなるほどだ。エルフは一旦帰還してもらって、町への突入前に再び呼び出す予定だ。

軍は峠の途中で魔物との戦闘を始めており、もう間もなく峠を抜ける。

まずは軍の進行ルート、峠を出たところから町へのルート上の敵を殲滅する。

「派手にやっていいのよね？」

エリーが再度確認をしてきた。

「遠慮はいらん」

無数の魔物相手にもとより遠慮する余裕などない。

「最大火力で魔物を圧倒する。手加減は一切抜きだ。始めるぞ」

■ ■ ■ ■ ■ ■ ■ ■ ■ ■ ■

「走れ！　走れ！」

昨日配属されたばかりの部隊の隊長のがなり声に、訳もわからず必死に走る。

平《ひら》の兵士に作戦の詳細など知らされるわけもなく現在の状況はさっぱりわからなかったが、すでに戦闘が始まっているようだ。峠でも散発的な魔物との戦闘はあったが、町が近づきいよいよ本格的になってきたのだろう。遠くから爆発音が聞こえてくる。

昨日は先頭の部隊にいたからか、今日はかなり後方に回された。今日の先陣は剣聖とその配下が務めているという話だ。そのお陰でここまで戦闘らしい戦闘には加わらないで済んだが、とうとう戦うときが来たようだ。だが上官の罵声に追い立てられているせいか震えている暇などなかった。

しばらく走ると森の切れ目が見えてきた。先行していた部隊が布陣している間を抜け、さらに進むとようやく止まることを許された。

「水を飲むことを許す。ここでしばしの休憩……」

突然何かに気づいたかのように言葉を切った部隊長が、背後を振り返った。

目線の先には町が遠目に見え、その町の上には黒く禍々《まがまが》しい雲が発生し、急速に広がろうとしていた。明らかに異常な、これまで見たことのない雲の動きだ。

やがて黒雲はみるみると町の空すべてを覆い尽くさんばかりに大きくなり――

無数の雷が一斉に町へと降り注いだ。遅れて耳をつんざく雷鳴が鳴り響く。その度肝を抜く光景と轟音《ごうおん》に誰もが声もない。

「神の怒りだ……」

喘《あえ》ぐように誰かが言った。そうだ、あれはまさに子供の頃に聞いた昔話。神の怒りに触れ、消滅したという町の光景そのもの。

どこかから進軍の法螺《ほら》が鳴り響いた。

「た、隊列を整えよ！　武器を構え！」

我に返った部隊長が矢継ぎ早に命令を発する。今度はゆっくりと町へと向かうようだ。

「エルフだ！　またエルフが来てくれたぞ！　さあ進め！　エルフと共にラクナの町を奪還するのだ！」

馬に乗った騎士が進軍する兵士の周りをそう言って鼓舞して回っていた。

ふと見上げるとまたあのタカが、眼下の戦闘などまるで気にしないかのように、優雅に空を舞っている。鷹《たか》は小さく見えるのみだったが、それが昨日と同じタカだと確信できた。

先遣隊はヒラギス奪還の礎となるのだ。逃げることは何があっても許されない。そう言われて追い立てられるようにここまでやってきた。生き残れるのはよほど運のいい一握りだろう、こんな部隊に配属されたのが運の尽きだ。そう誰かが言っていた。

だがあのタカが姿を見せてからだ。エルフが現れ、剣聖が部隊に加わった。そのことに何か関係があるなどと常識的には考えにくい。

それでもあのタカがついている限り、きっとまだ幸運は尽きていない。こうやって故郷の土を踏めた。もしかすると生きて故郷の村へと戻れるかもしれない。そう思わずにはいられなかった。

第15話　ラクナの町の制圧

「相当残ってるっすね」

今は町の外に土魔法で一時的に作った攻撃用の塔の上。昨日、気配察知を取ったばかりのウィルが言う。

ラクナの町への雷撃最強呪文【霹靂《へきれき》】での攻撃は今回風魔法をレベル5に上げてみた俺も含めて、エリーとリリアの三人でやったのだが、ぱっと見、昨日よりかなり生き残っているようだ。

「さすがに何度も撃ちすぎて対処を覚えられたかしらね？」

霹靂は発動がとてもわかりやすいのが難点だな。小屋程度ならぶち抜くようだが、前兆を見てから丈夫な建物に逃げ込めばそうそう死ぬこともないようだ。まあ魔力探知が多少ともあれば、どの大規模魔法も回避は難しくない。俺のメテオとかだと地面もえぐるのでよっぽど地下深く潜らないと防御も無理だが、全力で範囲外に逃げれば生き延びられるはずだ。

ここで雷撃をもう一度やるのは効果が薄そうだ。かといって他の魔法だと町を破壊してしまう。まあ今でも広範囲雷撃で火の手はあがっているのだが、石造りの建物が大半なのでそれほど火が広がることもない様子だ。

燃えてるところにあまり突入もしたくないし、戦うには厳しい数だ。

どうするべきか？　予行演習なんてしても状況とか敵の数が違えばあんまり役に立たねーしな。

「外側の敵を先にやってしまおう」

魔物の数が多くて慎重に動いたせいで、思ったよりもスケジュールが押している。

平野部に一旦《いったん》布陣をしていた軍が動き始めているようだし、さっさと魔物の数を減らさないと。

「二手に分かれましょうか？」

エリーが言う。俺かエリーならフライでの移動も問題ないし、高レベルの範囲魔法は時間がかかるからありといえばありなのだが……

「それはやめとこう。同士討ちが怖いし、またオークキングの集団みたいなのが出たら揃《そろ》ってないと対応しきれない」


ここは相談していたとおり範囲魔法を撃っては移動して、周囲の敵を掃討していく。

殲滅《せんめつ》範囲を広めに設定して二人ずつで五回。効率はあまりよろしくないが、それで町の周囲にいる魔物を掃討して、俺が作った拠点の塔に再び戻った。

たまに弓を撃ってきたり投石してきたりするのがいるが精霊のガードは突破できないし、そもそも距離もあるのでまともに命中することすら滅多にない。

遠くに目を向ければまだまだ魔物は蠢《うごめ》いているが、町の周囲に限ればクリアとなった。

このあとだ。城壁を押さえて中の敵を時間をかけて倒すか？　しかしあまり時間をかけると遠方にまだまだいる敵が押し寄せてくるし、軍も到着する。

それとも内部に突入してまともにやり合うか？　危険だが無茶ってほどでもないだろうか？

「オレンジ隊を呼んでくれ。城壁のガードをしてもらおう」

城壁をオレンジ隊に抑えてもらい、俺たちは内部に突入して魔物の殲滅をする。町の南側の正門付近は広場になっている。そこから始めよう。

エリーが転移で移動したのを確認してから言う。

「よしリリア。俺たちはもう一度町を攻撃するぞ」

待ってる間にもう一度町へと霹靂を浴びせた。数を減らすのと魔物を警戒させて足を止めるためだ。再び城壁に取り付こうとしていた魔物もいたがこれで完全に排除された。

転移してきたオレンジ隊の隊長に、俺たちの降りる南側城壁の上から後方を守ってもらうことを指示。

軍の進軍ルートである南側の魔物は念入りに掃討してある。軍も向かってきている。これが北側を抑えようとすると、内部と外部、両方の魔物に警戒しなければならない。探知持ちの俺たちなら危険は少ないが、エルフではリスクがある。南側のみ抑えて北に魔物が到達するまでに急いで殲滅する必要がある。

「慎重に行動すること。まだ戦いは序盤だ。こんなところで脱落者は出すなよ？」

「了解致しました」

「それと軍が到着したら一旦外にとどめておいてくれ」

「少し待って外の連中にやらせてもいいんじゃない？　なんだかやる気がありそうよ」

「そうじゃな。あやつらも功績が欲しかろう」

エリーとリリアがそんなこと言う。どうやら軍は急いでこっちに向かっているようだ。進路にもう敵はいないし、こっちが戦闘しているとあって助勢でもするつもりなのだろう。

しかし町の攻略は一度しっかりとやっておきたい。朝の町は村と変わりない規模だったし、大きな町には魔物も多く集まっている。

「ダメだ。俺たちでやる」

それに生き残りの中には当然ながら魔力感知持ちがいるはずだ。そしてそういうのは大抵オークキングとかのボスクラス。野戦なら遠距離攻撃で倒すか数で押せるかもしれんが、市街戦だ。確実に死人が出る。

「あと火の手がきついところは空から軽く水をかけておいてくれ」

魔物を燻《いぶ》せていいかもしれないが、俺たちもこれから突入することになるのだ。自分でやろうと考えていたのだが、魔力感知持ちを警戒し思いなおした。なるべく魔法は使わない方向でいってみよう。

密《ひそ》かに、そして素早く倒して対処する時間を与えないことだ。

出るのは俺と前衛組のサティ、シラー、ウィル、ミリアム。そして基本は歩きだが念のための移動と防御役にリリア。

シラーちゃんが剣で先頭に、俺とサティが弓で中衛、その後ろにリリアが。そしてミリアムとウィルが剣で殿《しんがり》だ。

エリー、アン、ティリカ、ルチアーナが居残りで探知持ちがいなくなるが、城壁に陣取ってエルフの護衛一〇〇名付きだ。心配はないだろう。

連れていくメンバーに指示をしてる間に、門前の広場に出てきた魔物がエルフオレンジ隊の手によって一掃された。

それを確認し俺たちは城壁を降り、魔物の死骸がごろごろ転がっているなか、町へと入っていく。危険はほぼないはずだ。

簡単な方向の指示だけして移動経路などはシラーちゃんに任せる。今回のレベルアップで前衛全員が探知を取ったから、魔物の詳細な位置をいちいち教える必要もない。

シラーちゃんは聴覚探知。ウィルは気配察知。ミリアムはともにレベル1までだが気配察知と聴覚探知の両方だ。

町の路地は視界の遮られる森の狩りと同じだ。常にこちらの不意打ち、先制攻撃。しかも手練《てだれ》揃いのうえに精霊魔法の自動防御付き。これで危険とか言っていてはさすがに臆病がすぎる。


「ねえ兄貴、気配察知って恐ろしく……」

広場から近い位置の魔物を一掃したところでウィルが何か言いかけて珍しく口ごもった。

「チート《ずるい》か？」

魔物が路地に隠れていようが家の中に隠れていようが関係ない。家の中だと少しめんどくさいが、サティ、シラー、ミリアムの猫耳三人組で突入してあっと言う間に片付けてしまった。ずっと一緒に修行をしていたので息はぴったりだ。相手がオークキングの集団でもそうそう後れは取るまい。

それにレーダーに加えて召喚獣で擬似的に通信もできるし、ゲートによる瞬間移動、アイテムボックスでの輸送もある。

さらに他を圧倒する多彩な攻撃力。最初の頃は何度か死にかけたけど、本格的にチートと呼べるようになってきたな。

「まさしく神の力じゃ。当然であろう？」

リリアには最初から強いところを見せてたからな。

改めてすごいという感想もないのだろうが、ウィルは気配察知を一気に5まで上げた。さすがにポイントを費やして上げきると、探知範囲はこの町の全域を余裕で収める規模となり、戦場全体の状況が手に取るようにわかる。まさしく神の力、神の目だ。

「雑談はあとだ。急ぐぞ」

「うぃっす。次はそっちの右の路地のほうっすね」

探知持ちを増やしたのは正解だったな。指示が最低限で済んで楽だわー。

弓持ちもエルフには腕のいい射手が揃ってるし、一人か二人連れてくればよかったな。だいたいサティが片付けてくれるんだが、射手が増えれば俺は完全に働かなくて済んで全体に気を配る余裕が出る。

まあ今は真面目に働こうか。あんまりサティに任せきりもよろしくない。スキル的には同等なんだ。できるところは見せておかないと。

討伐は順調すぎるほど順調だった。森と同じだと言ったが、地形が人工的なぶん森より移動がずっと楽だ。森だと移動がリリア頼りになる部分も多いのだが、普通に走って魔物を急襲できる。

駆け足で南から始めて東エリアを虱潰《しらみつぶ》しに殲滅し、ほどなく北側の正門にたどり着いた。多少の叫び声をあげるオークもいたが、それで大きく状況が変わることはなかった。

途中で俺たちの侵入がバレて組織的に動かれては厄介かと思ったのだが、冷静に考えてみれば突入直前の二度の範囲雷撃で半数以上を倒したのだ。そのうえ昨日の攻撃でほとんどの魔物が死んで、今いるのは今日新しく来たばかりの魔物だろう。

どんな指揮系統があるにせよ、ろくに動けるわけないし、ほうぼうから火が出たのも混乱を助長しただろう。心配するほどのこともなかったようだ。

そうして何事もなくたどり着いた北門は完全に崩壊していた。まるで大型種の魔物が通ったあとのようだ。

「町への襲撃には地竜もいたらしいの」

リリアが言う。確かに北側は南に比べてずいぶんと破壊の跡がある。

「探知には大型種の反応はないいな」

出てきたところでどうということはないが、警戒は必要だ。ここまで戦力らしきものはオークキングの集団のみ。まあここのオークにしたって普通なら十分な戦力なんだろうが、俺たちの相手をするには少々力不足だ。

「ここは塞《ふさ》いでおこう」

北側には魔物が多い。完全に塞いだほうがいいだろう。あとで困るかもしれないが、門が必要なら軍に土魔法使いくらいいるだろう。手早く塞いでおく。

そして北から西へとぐるっと周り、最後は中央部、だったのだが。

「南門のほうで何か騒いでますよ？」

サティの言葉で南門のほうに注意を向けると、すでに軍が到着していた。中に入れろと怒鳴っているらしい。しかし南側も城壁自体は無事だが門がぶっ壊れている。エルフが俺の言いつけどおりに留め置こうとしているようだが、通ろうと思えば簡単だ。

「入ってくるようですね」

「まあエリーがいるんだ。うまいことやるだろう。行こう」

討伐の邪魔をさせなければそれでいい。残りの敵は五〇か六〇ってところだろうか。町の中心部の立派な建物、領主の館《やかた》に籠《こ》もっているようだ。

さほど動きがないのは、俺たちが殲滅して回っているのに気がついていないからなのだろうか？

このまま時間をかけずに一気に終わらせてしまおう。

しかし領主の館はしっかりとした門構えで、村ならそのまま外壁となりそうな重厚な防壁で守られていた。

さて、最後はどうしたものか？　こちらの姿は見せずに探知で中の様子を窺《うかが》う。広いといっても一つの館に魔物がぎっしりで、そこにボスクラスもいるなら厄介そうだ。

「わたしたちでやりますか？」

「面倒なら丸ごとぶっ壊してしまえばよかろう？」

迷っている俺にサティとリリアが言う。軍はさすがにいきなり町中に突入はせず、まずは門前の広場に布陣しようとしているようだ。

あまり時間をかけると軍が動きそうだ。考えていてもしゃーないな。

「全員で突入するぞ」

少し移動すると壊れた通用門があったので、そこから侵入してみたがさすがにすぐに見つかってしまった。警戒していたのだろう。オークの吠《ほ》え声がいくつも響き渡る。

恐らく仲間でも呼び集めているのだろうが、もはや生き残りは領主の館にいる魔物のみ。

領主の館は崩壊こそしてないが、かなりボロボロにされてるな。庭の木々が燃え落ちようとしてるのは俺たちのせいなんだけど。

とりあえず窓や扉から顔を出したやつは即座に弓の餌食となった。

「隊列はそのまま、全員抜刀！」

俺は弓をアイテムボックスに仕舞い、サティはそのまま肩にひっかけて剣を抜いた。

「兄貴、俺も前に出ていいっすか？」

「んじゃ俺が後ろに回ろう」

シラーちゃんがちらりとこちらを見たので、剣を前に振る。シラーちゃんが館の勝手口らしきドアに向けて駆け出し、ウィルもすぐに続いた。

中に入るなりオークが数体崩れ落ちていた。力量差はもちろんだが、探知の存在がでかいな。視界の外から素早く踏み込めば、こちらの接近が音でわかったとしても、俺たちのレベル相手となると一瞬の判断の遅れがとんでもなく大きな隙《すき》になる。

駆け足で移動しながら魔物のいる各部屋に突入し、何が起こっているか魔物たちが把握する前に極めてスムーズに殲滅していった。

「こいつで終わりっすね」

一階を掃討し、二階にいたオークキングと取り巻きを倒して瞬く間にすべての魔物を倒し終えた。ボスであろう一体だけいたオークキングですら、シラーちゃんとウィルのコンビに為《な》す術《すべ》なく倒されている。

これで魔物の反応は町から完全に駆逐された。

「うむ。みんな今日はいい仕事をしたな。満点の出来だ」

緊張を解いて言う。まずかったのは俺の判断だけだな。

時間を見誤って余裕がなかったのに、それでも無事討伐が終わったのは、想定以上にパーティの総合力が上がっていたお陰だ。生き残りの多かった町の攻略は面倒になりそうだと思われたが、思いのほかあっさりと終わった。

「じゃあ合流して帰るぞ」

領主の館の二階のバルコニーからリリアのフライで飛び立つ。しかし館はひどい臭いだった。魔物に半年以上も棲家《すみか》にされていたのだ。窓や扉は壊されて風通しはよかったのだが、ボロいわ臭いわで、もう住めたもんじゃないな。元の持ち主はかわいそうに。

浄化魔法できれいになるだろうか？　それよりいっそぶっ壊して建て替えたほうが早いか。
そう考えると建物ごと倒すのもアリだったたな。下手に汚い建物が残ってるより諦めがつくっても
のだ。それで時間の余裕があれば、俺が新しい建物を作ってやればいい。
そんなことを考えながらすっかり終わった気分でオレンジ隊のいる南側城壁の上に降り立ったの
だが、なにやら軍人さんが数人待ち構えていた。
「この方々が我らの主《あるじ》でございます」
降り立った俺たちを指し示して言うオレンジ隊のリーダー。
「貴方《あなた》がこの部隊の責任者か？」
年配の軍人が歩み寄ってきて言った。
「そうじゃ」
フードを目深に被《かぶ》り直したリリアが答える。
俺が相手をして人間族だとバレてもややこしいので、オレンジ隊関連の受け答えはリリアがやる
ことになっている。今はフルフェイスのヘルムなんで顔はわからないんだが、やはりエルフとは体
型などで特徴が違ってくるからな。
「私は帝国第五方面軍将軍リゴベルド・バルデだ。この者たちは何も言わぬので困っておったの
だ」
エリーたちもそこらにいるはずだが、俺たちが戻るのを待っていたのだろう。オレンジ隊では対
応できないし、対面して話すくらいになるとフード程度では顔を隠しきれるものでもない。

エリーはちょくちょく砦《とりで》に入り浸っていて顔を知られているだろうし、アンは言わずもがな。ティリカも真偽官として仕事をすることもあったという。

俺たちのパーティが一緒なのはまだバレたくない。

「よろしくの、リゴベルド将軍。我らの名は故あって明かせぬ。適当に呼ぶがよい」

「ではエルフ殿……」

「それとこの町の魔物は完全に殲滅しておいた。オーク共の死骸が少々乱雑に転がっておるから処分は好きにせよ」

何か言いかけた軍人を遮ってリリアが一息に言った。

「完全に？」

「信じぬでも構わぬが、調べるなら手早くしたほうがよいぞ。なにせ北側から新たな魔物が侵入しようとしておる」

まだ時間の余裕はあるはずだが、ぐずぐずしていては城壁に取り付かれるかもしれない。北側にはまだ結構な魔物が見えたんだよな。今日帰れるかなあ……

「早急に城壁をすべて抑えるのだ！　偵察部隊も出して、町中を隈《くま》なく調べさせよ！」

「それでよい。では我らはこれにて帰る」

「いやいや待たれよ、エルフ殿！」

まあ、さすがにこれで帰すって選択肢はないだろうな。言いたいことや聞きたいことが山ほどあるだろう。

「まずはこの町の奪還について礼を言いたい」

うむ、とリリアが鷹揚《おうよう》に頷《うなず》いた。

「それでこの町の利用に関してなのだが……」

この町の奪還に関して、軍は何一つ貢献していない。元の領主ならばともかく、この町を利用するにあたって俺たちに遠慮があるということなのだろうか？

「好きにせよ。我らは何も主張せぬ。要求もせぬ」

「しかしこれだけの功績に何もないでは済まされまい」

「些細《ささい》なことじゃ」

「それも含めて今後の協力体制について話し合いを持ちたく思うのだが」

「必要ない。我らは誰の指図も受けぬ」

こういうとき、リリアの強気はいいな。

「そもそも貴方がたは何者なのだ？」

「見てのとおりのエルフであるが……そなたらと目的を同じくする者と言えば十分であろう」

「目的？」

「ヒラギスを奪還し、ヒラギスの民を安んずることじゃ。違うのか？」

「ならば尚《なお》のこと！」

「十分に協力はしておるじゃろう？　峠のオークキングを討伐し、ラクナの町を我らの手だけで奪還した。それとも今以上に戦えとでも言うつもりかや？」

「それは……」

「むろん今後も戦う。それは約束しよう」

リゴベルド将軍は何やら考えているようだ。どうせろくでもないことだ。やはり時間配分の失敗は致命的だった。昨日はうまいこと軍の到着に合わせて離脱できたが、今日はさすがにここで、じゃあ帰るねってわけにもいかないだろうなあ。

今後の付き合いもある。軍とはできるだけいい関係と距離感を保っておきたい。

「将軍。北方より魔物の大軍が向かってきております」

しかしそこで会談に邪魔が入った。

「伝令は？」

「すでに各所に」

「部隊の町への移動を急がせろ。これより町の防衛戦に入る」

大軍か。かなりの数を倒したとはいえ、町とその周辺のみ。

「手伝おう」

リリアにこそっと言う。ここで帰ってもあとのことが気になるだけだろう。

「そうじゃな。オレンジ隊はこのまま待機せよ。我らはもう一働きしてくる。リゴベルド将軍も一緒にどうじゃ？　ではこちらに参られよ」

将軍を一行に加えて再びフライで飛び立つと、あっという間に北側城壁である。兵士たちが慌ただしく配置につくなか適当に降り立ったが、ざわっとしただけですぐにそれぞれの配置に向かっていったり、もうすでに接近しつつある魔物に弓を浴びせたりしている。将軍の部下の帝国軍兵士だろうか。よく訓練されているようだ。

その将軍は急激なフライの移動でちょっとふらふらしていた。慣れないと加速や旋回がきついんだよな。

「おお、たくさんおるのう」

リリアは将軍の不具合を斟酌《しんしゃく》する様子もなく、新たな獲物にどこか嬉《うれ》しそうだ。

魔物の大部分、その本隊は町からかなりの距離を置いて布陣しており、動く様子がない。

それで探知にかからなかったのか。また魔法をぶっ放して終わりにしようと思ったが、城壁からだと届かない距離だ。

こっち方面には、魔物がうじゃうじゃいるとは思っていたが、今は見渡す限りの平原に布陣する大量の魔物がいて、しかも続々と集まってきている。

どうやら今日は帰れそうにないようだ。

第16話　ラクナの町防衛戦

魔物は見渡す限りの平原一面を埋め尽くすように布陣していた。どこにいたのか、よくもまあ短時間で集めたものだ。地竜も二頭、ちらりと見えた。

まずはみんなをこっちに呼んで合流を……そう考えて視線をリリアにやった刹那《せつな》、平原一面に布陣した魔物たちから一斉に咆哮《ほうこう》があがった。咆哮とそれに続く進軍で大地自体が揺れたように感じるほどだった。

それが聴覚探知でダイレクトに入ってきて俺は顔をしかめた。城壁を守る兵士たちが一層慌ただしく動き始め、罵声が飛び交う。

「まずい」

リゴベルド将軍が焦った声で言った。確かにまずい。町の外で備えていたのか、それともこちらへと移動していたのがちょうどこのタイミングになったのか。再度の襲撃がこれほど早く大規模だとはさすがに俺も思わなかった。

軍のほとんどは俺が入り口でとどめておいたせいでまだ南側のほうだ。だが町中の殲滅《せんめつ》をしてる最中に来られても困ったことになっただろうし、たとえ今すぐ全軍を北側の防衛に回せたところで地竜までいてはまず受け止めきれまい。

俺たちのお陰で軍は最速で町へと到着してしまったのだ。数も防衛の準備も何もかも足りてない。

不幸中の幸いなのは北側に空いていた穴を塞《ふさ》いでおいたことだろう。城壁は頑丈そうで適切に防衛すれば防御力は高そうだ。

「心配はいらぬというに。やつらから来るなら願ったりじゃ。まとめて殲滅してくれよう」

「任せていいのだな？」

任せるも任せないも他に選択肢はなかろうに。将軍のことは気にせずに、その場で【霹靂《へきれき》】の詠唱を開始した。

地竜の移動速度が速い。リリアは高速詠唱がないし、エリーたちを呼んで到着を待っていては城壁近くまで接近を許してしまう。地竜に突っ込まれては少々まずい。

あまり派手に動くのはどうかと、俺たちだけで移動したのが裏目に出た形だが、まあ不都合は特にないな。ここは俺だけでも十分。みんなは呼ばずともおっつけやってくるだろう。

「我らがここにいることを神に感謝するがよかろう」

詠唱を始めた俺を見てリリアは静観することにしたようだが、将軍はなおも心配なようだ。

「おい、部隊は呼ばんのか？」

詠唱をしているのは騎士風の俺一人。他がまったく動く様子もない状況で神に感謝とか言われてもさすがに意味がわからないだろう。

「必要なかろう。見よ」

指差す先には巨大な雷雲が発生しようとしていた。

自然の雷の発生メカニズムは現代ではわかっていて、一度調べたことがある。

雲が発生して中の水蒸気が上空のほうから冷えて氷の粒になる。それが落ちてきたり気流で動いてぶつかり合って静電気が発生する。しかし空気は絶縁体でどこにも行き場がないので電気が溜《た》まり、限界を超えると地上に向けて発射される。

つまり氷の粒を大量に発生させて、より激しく動かしてやれば――

詠唱に従って積乱雲が発生し、急速に広がっていった。より広く、そして巨大に。通常の威力では取りこぼしが出るかもしれない。大型の地竜もいるし、ここは確実に殲滅したい。

魔法はイメージだ。本当のところ魔法がなぜ成り立つのか、どうやって発動するのか根本のところを俺はよくわかっていない。しかしそれでも魔法で再現する現象についての理解が有用なのは、これまでの経験でわかっている。

ぶっつけ本番ではあるが、うまくいかない理由もない。

冷静に考えると普通に範囲を広げて魔力を多めに込めればよかったのだが、魔法を強化するイメージをするときにふと思いついてしまったのだ。

魔法はイメージと、そして意志の力だ。そこに迷いを持つことは障害にしかならない。やり直す時間などあるはずもないし、もはや始めてしまった以上やりきるしかない。

本気を出した詠唱で、雲はこれまでの範囲雷撃ではなかったほど巨大に育とうとしていた。そして雲の動きも徐々に激しさを増していく。イメージどおり、うまくいきそうだ。

自然現象であればここから雷のチャージに時間がかかるのだろうが、そこは魔法で短縮できているのだろう。

「エルフの魔法とはこれほどのモノか」

将軍は感嘆を滲《にじ》ませた声で言った。将軍ほどの地位にあれば先陣を切ることもないだろうし、恐らく俺たちの魔法を実際に目にするのは初めてか、はるか遠目に見ただけだったのだろう。

雷雲の下では魔物たちに混乱が生じているのが探知に映っていた。突如現れた雷雲に戸惑う魔物に、気にせず突き進もうとする魔物。

そして自分たちの上で発生した雷雲が何を意味しているか理解できる魔物にとって、それは死刑宣告そのものに他ならない。逃げ出そうとしている魔物もかなりな数がいるようだが、勢いのついた軍勢からはそう簡単に離脱できるものでもない。

結果として魔物たちの足並みは相当乱れ、時間の余裕が少しできた。

みんなもやってきたようだ。エルフが俺たちの周囲に次々に降り立った。

「霹靂ってあんなのだっけ……？」

エルフの誰かが呟《つぶや》いた。俺もちょっと違うんじゃないかと思い始めたところだ。

昨日今日と詠唱を繰り返してきた霹靂の数倍もの規模の巨大な雷雲が渦を巻き始めていた。成長する雷雲に膨大な魔力が吸い取られる。渦になっているのは撹拌《かくはん》するイメージが漏れたのだろうか。

それにちょっと大きくしすぎたか？

巨大な黒雲は雷光を纏《まと》わせ、その渦をますます激しくしていき、城壁にもまるで台風が訪れたような強風が吹き荒れだしていた。

雷雲の内部には膨大なエネルギーの蠢《うごめ》きが感じられたが、それに伴ってさらに大量の魔力が制御のために消費されようとしていた。

通常の魔法というのは洗練されていて、威力と魔力消費のバランスがよくできている。そこを思いつきでいじろうとすると何かと無理が生じるし、最悪暴走する危険すらある。

魔力が枯れたり制御に失敗するほどではないのだが、今回の思いつき魔法はどうにも魔力効率が悪いように感じる。無事発動しそうだが、魔法としての使い勝手は微妙だな。

だがそろそろいい頃合いだろうか？ 地竜の動きが鈍ったお陰で、雷雲に溜め込んだエネルギーは魔物のほとんどを範囲内に収めるほど膨大になった。

「各自、閃光《せんこう》に注意しろ」

周りに注意を促す。眩《まぶ》しいのはわかっているとは思うが、今回は威力がマシマシである。雲を見上げているエルフちゃんもいたので改めて念を押しておく。

「各自、音と閃光に注意！」

オレンジ隊の一人が叫ぶのを確認し、手をゆっくりと高く掲げる。

「テラサンダー」

手を振り下ろし【霹靂】を発動させた。

刹那、大地を雷が埋め尽くした。術者の俺ですら生命の危機を感じるほどの激しい閃光と轟音《ごうおん》を発する無数の雷撃が、何度も荒れ狂い魔物たちをなめ尽くす。

耳をつんざく凄《すさ》まじい落雷がやみ、風が凪《な》いだあとには、生きとし生けるものは何一つ存在しなかった。

城壁から周囲を確認すると、地竜は二頭とも倒れ、運良く範囲外にいた魔物たちは散り散りに逃げ出していた。どうやら当面の危機は去ったようだ。

「あれほどの数の魔物がたった一撃……エルフとはこれほどの……」

ようやく落ち着いたらしい将軍の呟きが聴覚探知に入った。その声はわずかに震えていた。ぶっつけ本番だったが威力は想定どおりだったし、示威効果はたっぷりあったようだ。

エルフちゃんたちがちらちらこっちを見ている。ああ、獲物の回収か。地竜の肉は欲しいが……

「回収は必要ない」

俺の無尽蔵とも言えるアイテムボックスは見せたくないし、軍にはいくら食料があっても困らないだろう。俺たちのほうは今日の分だけで有り余るほどだ。

「それよりも休息を」

仕事がなくてがっかりした様子のエルフちゃんたちを尻目にリリアに声をかける。エルフちゃんたちも朝から動いていていい加減疲れてるだろうに。

「そうじゃな。あとは軍でも十分じゃろう」

俺も少々疲れた。大規模な魔法を使ったあとのちょっとした脱力感だとは思うが、この二日間そこそこ魔法を使っていた。

もしこれが前兆で、無理をして魔力酔いになってしまうと数日は身動きが取れなくなるし、あれはガチの病人になってしまうのでとてもつらい。大事を取って十分に休んでおくべきだろう。

リリアが将軍と話をつけにいって、後ほど会談を持つことにしてこの場はとりあえず撤収することになった。

ゆっくり休めるなら村に戻りたいところだがさすがに無理か。どこかそこらへんの建物で、と考えていたら、エリーが崩れ落ちた大きな建物を見つけて敷地を確保し、更地《さらち》にして新しい建物を作ってくれた。北側城門にも近いから魔物の襲来にも即応できる。高い塀付きでプライバシーもばっちり確保だ。

細かい整備はいつもの大工の親方エルフさんである。建物を作ったあとエリーが転移で連れてきたのだが、多少数が増えてもオレンジ隊の制服を着ていれば誰が誰やらわからないから、転移で連れてきたとはわからないだろう。制服のアイデアはなかなか役に立つな。

完成にはまだ時間がかかるが、家具を置いてしまえば居住性に関してはもうなんの問題もない。ピカピカの新築物件に、少しは町に滞在してもいい気分になってきた。

「思った以上に魔物の攻勢が激しいな」

新居に腰を落ち着け、まずは食事をしながらの家族会議である。

ちなみにオレンジ隊も交代でエルフの里に戻って食事中だ。俺たちだけならアイテムボックスの手持ちでどうにでもなるが、さすがに一〇〇人分ともなると準備が手間だ。

俺たちもまだ戦闘があるかもしれないし、装備はそのまま。全然くつろげない。

しかしエルフの里のときを思えばまだ軽いほうだろうか？　あのときは本当にあとからあとから湧いて出てきたしなあ。

「重要な拠点じゃからな。取り戻そうとまたやってくるじゃろう」

帝国国境から最寄りの町であり、ヒラギス中央部に位置し、北方の首都も南方の東方国家群方面もどちらでも窺《うかが》える好立地である。無事軍の拠点にできそうであるし、ヒラギス攻略は捗《はかど》るだろう。

「そうなると放置もできないわね」

そうエリーも言う。軍も続々と後続が到着している。弓兵や魔法使いの部隊に様々な物資。準備さえ万端なら防衛戦だ。そう簡単に町は落ちたりしないだろう。

だが城壁や町の修復も必要だし、長期で籠城するための物資を集めるには二、三日ではすまないだろう。しばらくは様子を見守らねばなるまい。

予定とか立てても毎日情勢が変わってしまってはあれだな。いや、立てないよりマシなんだろうけど。

「やはり予備隊の編成が必要じゃな」

リリアがそう提案した。オレンジ隊を作った当初は一〇〇人でも多いと思ったのだが、二〇〇人でも足りなくなるか。二〇〇人で回せなくもないが、体力面だけなら多少の無理がきいても、魔力を考えるとどうしても休養を挟まねば万全な状態で戦えない。そう考えての交代制だ。防衛にまで人員を割くとなると増員は必要だろう。

「一〇〇……二〇〇人、防衛用に志願を募ろう」

リリアが頷《うなず》いた。そこから一〇〇人ずつ編成して交代で防衛に投入する。全員エルフの里の戦いを経験している。防衛戦なら心配はないだろう。

だが先ほどの魔物の攻勢を見るにまだ不安が残る。

「それと俺たちの中から誰か一人残す」

パーティを分散するのは苦渋の選択なのだが、防衛戦ならすぐさま危地になるということもないだろう。軍もなんとしても町を守り抜くつもりはあるのだろうし、エルフの部隊と加護持ちの魔法使いがいるならなおさら盤石だ。

それで定期的に転移で様子を見ておけばいいし、たとえ対処が間に合わなくても空から帝国方面へと逃げれば危険はさほどないだろう。志願してくるのはエルフの中でも精鋭だ。一人として失いたくない。

「誰を残すの？」

「エリーとリリアはパーティに固定したい」

エリーの問いかけに考えながら答える。遊撃部隊は魔物の只中《ただなか》に突入するのだ。万全の態勢で臨みたい。となると戦士は減らしたくないから魔法使いの中からアンとティリカ、ルチアーナの誰か一人ということになる。召喚魔法持ちのティリカも戦力的にできれば連れていきたいし、アンは体型的にエルフに交じっていると少々胸が目立つ。そうなると……

「ルチアーナがいいか？」

「そうですね。期間が長くなるならエルフのほうがよろしいでしょうし、私が残りましょう」

俺の問いかけにルチアーナが頷いた。察しがよくて助かる。

「それがよい。オレンジ隊と共にエルフの武威を存分に示すがよいぞ」

「はっ、リリア様」

それでラクナの町の防衛は問題ないとして、俺たちは予定どおり行動できるな。南方を取り戻し、北方首都を目指す。

ルチアーナが残り、里からエルフを一〇〇名。それで将軍殿も誤魔化せるだろう。少数での出撃は威力偵察ってことにすればいい。

「防衛組とはこまめに連絡を取って、何かあれば適宜対応することとしよう」

当面は近場の町を狙うことになるだろうし、ここを拠点に動くことを決めた。快適な住まいが確保できるなら村の屋敷に無理をして戻る必要もない。

食事と相談が終われば一番面倒そうなお仕事、将軍との会談が残っている。ぞろぞろと行っても仕方がないし、俺とリリアとサティだけで会いに行くことにした。

ウィルはまた将軍殿の知った顔らしい。フルヘルムでバレる心配はまずないだろうが、あえて危険に近づくこともあるまい。

新たな屋敷――オレンジ隊も寝泊まりするから宿舎と呼ぼうか――から飛び出すと、すぐにリリアが飛ぶ速度を緩めた。何かと思えば、リリアが手を振ると眼下の兵士たちから歓声があがりだした。

「大人気ではないか」

手を振りながらリリアが言う。今日はかなり戦ってるところを見られちゃったしな。特に最後の俺の魔法は兵士の多くが間近に目撃したはずで、それが休憩の間にすっかり広まってしまったのだろうか。

歓声は俺たちが移動するにつれゆっくりと伝播《でんぱ》し、大きくなっていった。

「派手にやりすぎたか？」

「そういうことではなかろう。窮地を救った救世主じゃ。大歓迎もしよう」

確か死んでも峠を突破しろって命令が出てたんだっけか。命令もひどいし、その命令に従って逃げもせず進軍するほうも俺の感覚ではどうかしてる。

だが結局のところ、どこかで戦わないと魔物はどこまでも押し寄せてくる。他国のことだと高をくくれないし、そのために情け容赦なく人命を消費することがこの世界ではまかり通っている。否応《いやおう》なしな状況とはいえひどいものだ。

「女の子も結構いるな」

ふと気がついて口に出す。兵士らしからぬかわいらしい娘も視界に入っていた。

兵士っていうと野郎ばかりのイメージだったが、そこそこ女の子も交じってるんだな。オレンジ隊は全員女の子だし、冒険者にも結構な割合で女性がいた。特にヒラギス攻略軍は戦えそうな者を根こそぎ徴兵したって話で、女性の比率が大きいのだろう。

それに死ねと命令をした将軍はひどいやつだな！

「よそに目を向けんでもオレンジ隊ならいつでも準備万端じゃぞ？」

「さすがに今はそんな暇はないだろ」

「先ほどの魔法はなかなか衝撃的じゃったようじゃからの。もう一押しで加護が付く者がいるやもしれぬの……」

ほほう。それはそれでちょっとだけ興味があるな。暇さえあれば。

暇が欲しい。お休みが欲しい。追加の女の子どころか嫁やメイドちゃんたちと仲良くする時間もろくに取れない。

ヒラギスでの戦いが終わればきっと休みが取れるはず。だがそれまではもうちょっとがんばってみようか。

休み欲しいって言えるような雰囲気じゃないしな！

第17話　帝国軍との交渉

軍の司令部は町の中心部にある例の領主の館《やかた》に設置されていた。

だが長期間魔物の棲家《すみか》になっていた館がそう簡単に清掃できるはずもなく、会談は庭の一角に張られた大きな天幕で行うこととなったようだ。

「エルフの……」

「ダークオレンジ魔導親衛隊じゃ」

言い淀んだ案内の兵士にリリアが助け舟を出した。

そういえば一切名乗ってなかったか？

「ダークオレンジ魔導親衛隊の方々がご到着です！」

そうして俺とサティとリリアが天幕の中に入ると当然のような顔をして師匠たちがいて、リゴベルド将軍と談笑していた。

大きく立派なテーブルは館から持ち出したのだろう。将軍を中心に師匠と知らない老兵士とフランチェスカと神殿騎士が席についていた。

ちょっと動揺してしまったが、ビエルスの剣士隊が先陣に同行しているのは聞いていたし、神殿騎士団も別にいてもおかしくない。聖女様《アンジェラ》を追いかけてくるだろうと思ってはいたが、それが案外早かっただけだ。

しかし師匠は大丈夫として他のやつは……デランダルとフランチェスカはウィルのことがあるし、身バレがまずいのは重々承知しているはずだ。迂闊《うかつ》なことは言うまい。

問題があるとすれば神殿騎士だが、俺たちを見ても特にリアクションはない。

まさかフード程度の変装でまったく気がつかないということもあるまい。アンも見当たらないことだし、すぐにどうこうするつもりはないということなのだろうか。

聖女様に逃げられたなんて外聞が悪いことをこんなところで問い詰めることもないだろう。

それに身バレしたところでやることに変わりはない。

後々面倒は増えそうだが、ことヒラギスに限れば軍との円滑な協力体制が取れればそれでいいし、最悪、軍とは決裂しても構わない。

少なくとも師匠と剣士隊は協力してくれるだろうし、それ以上に俺たちの自由の確保が重要だ。

「まずは礼と賛辞を述べたい。エルフ殿の働きで被害もほとんどなくラクナの町を抑えることができた」

リリアがテーブルについたところで将軍が話し始めた。俺とサティの席も用意されたようだが、護衛代わりにリリアの後方である。

「我らにできることを行っただけじゃ。礼には及ばぬ」

リリアが淡々と言う。

賛辞ならもう十分に兵士たちから受けた。

「ふむ。ではまずは紹介しよう。このお方がかの剣聖バルナバーシュ・ヘイダ殿だ。そしてお弟子のリシュラ王国公爵令嬢、フランチェスカ・ストリンガー殿」

ドヤ顔で将軍が各人の紹介を始めた。

わざわざ紹介してもらってきっと俺は変な表情をしていただろう。フルヘルムで助かった。

続いてヒラギス軍指揮官の老兵士に神殿騎士の隊長。将軍の副官や参謀に部隊長。まだ到着していない部隊も多いが、とりあえず今ここにいる、今回の軍を動かしている指揮官クラスとの顔合わせか。俺たちは顔はまったく出してないけど。

リゴベルド将軍の指揮下にあるのは、直属の帝国第五方面軍にまだ後方にいる第十一方面軍を主力として、ヒラギスの残存兵力をかき集めたヒラギス軍にリシュラ王国をはじめとする各国からの援軍や神殿騎士団。それに加えて剣聖率いるビエルス剣士隊に、魔導師部隊も一〇〇〇名を超える規模で、総勢二〇万を超えるという。思ったより大規模だ。

(二〇万はかなり盛っているかもしれないっすね)

宿舎で待機しているウィルがそんなコメントをしてくれた。

いま俺のほうにティリカの召喚ねずみをサティが連れてきていて、俺の召喚獣をエリーやウィルたちのいる宿舎に置いているから擬似的な双方向通信が可能となっている。

エリーたちはティリカの実況を聞きながら、あーだーこーだとくつろぎながらお喋《しゃべ》りをしていてとても楽しそうだ。

どうせ話はリリア任せだし、俺も宿舎に残ればよかったな……

「この陣営にエルフ殿の部隊が加われば、魔物どもを容易《たやす》く打ち倒せよう！」

そう機嫌良さげに将軍が締めくくった。

棚ぼたで手に入った剣聖とエルフの極めて強力な部隊だ。初日の部隊壊滅があっただけに機嫌も良くなろう。

「それでダークオレンジ魔導親衛隊の陣容であるが……」

「我らオレンジ隊は今現在一一〇名がここに来ておる」

「わずか一〇〇名ほどでこれほどの戦果か」

「しかし強力な魔法使いならば一人で一軍に匹敵するというぞ」

「それにしたって先ほどの魔法は桁違いではないか？」

「エルフは魔法に秀でているとは聞いていたが、これほどとは……」

将軍の後方の士官たちがざわめく。実際のところ実働部隊は俺たち一〇人で他は補助だが、わざわざ教える必要もない。

「部隊の詳細は後ほど聞き取るとして、当座の間、エルフ殿の部隊は私の直属の配下として動いてもらうことになった」

ことになったって、配下になるのが決定事項かよ。

「我らは将軍殿の指揮下には入らぬ。誰の指図も受けぬ、そう言ったはずじゃぞ」

エリーが冒険者ギルドの上層部から仕入れてきた情報によると、北方軍への指令はラクナの町の奪還と維持だ。ここで魔物を牽制《けんせい》しつつ南方軍の侵攻を待って、共同して一気に北へと攻め上る。

つまりはしばらくここで足止めを食らう。

防衛に関しては戦力は十分なようだし、まったくもって時間と火力の無駄だ。

だがそれ以上に問題なのは魔物の抵抗が激しい場合、帝国軍はヒラギス南部の奪還をもって軍を停止することを検討しているということだ。

南部さえ抑えておけば、帝国本土や東方国家の安全は保証されるからだ。

それに帝国軍にヒラギス全土を奪還する利は少ない。魔物に当初の想定より戦力がありそうで、被害が嵩《かさ》むとなればなおさらだ。

「他国からの援軍や義勇兵はすべて帝国軍の指揮下に入ることになっている。むろん要請という形ではあるが、そうせねばこれほどの規模の軍は立ち行かん」

リリアの反対を気にした風もなく、これはごくごく標準的な手続きだと将軍は言う。

まあそれは理解できる話だ。各国の軍どころか冒険者個人に好き勝手動かれては現場は混乱するだろう。

「帝国が今回の戦いの指揮を執るのは周辺諸国すべての賛同を得ておる」

「それは我らには預かり知らぬ話じゃ」

取り付く島もない様子でリリアも言うが、将軍は尚《なお》も言い募る。

「しかしエルフ殿の部隊はエルフが正式に援軍として送り込んできたのだろう？」

「王は派兵に消極的でな。ここに来ておるのは皆、志願した義勇兵じゃ」

少し考えてリリアが答えた。

エルフ王の認可もちゃんとあるし、エルフ本国とまったくの無関係と強弁するのも悪手だろう。

それでいて公式な派兵ではない。

「帝国の指揮が気に入らぬというのならフランチェスカ殿の下でもよいのですぞ。エルフ国はリシュラ王国の属国なのだろう？」

うーん、フランチェスカなら話はわかるだろうが、必要以上に俺たちに深入りさせたくないな。

「誤解があるようだ、リゴベルド将軍」

それまで黙っていたフランチェスカが話し始めた。

「誤解とは？」

「現在のエルフとリシュラ王国の関係は非常に友好的なもので、勝手にエルフの指揮を執る権限などありませんし、属国扱いしたなどと我が王に知れたら私の立場がありません」

エルフの国は建国当初こそリシュラ王国の属国として作られたのは確かなのだが、現在の関係は曖昧で、エルフに領土的な野心はないし、相互に利益があるのでそれでいいだろうというふんわりした関係のようだ。

「構わぬよ、フランチェスカ殿。実際のところ我らは数も少なければ領土も爪の先ほどを領有しているにすぎぬ。他国から属国と見られても致し方あるまい」

国としては小さすぎるし、どこかと外交関係を結ぶわけでもないからこの問題は棚上げされているということらしい。

「欲を出すものではないぞ、将軍殿。これほどの短時間で被害もなしに最初の町を制圧したのじゃ。それは大した功績であろう？　大いに誇るがよい」

手柄は譲るから口出しはするなということだ。

「ええい、聞き分けのない。好き勝手に動かれては困る。そう言っておるのだ」

ドンと将軍がテーブルに拳をついた。将軍の怒気を込めた言葉は結構な迫力だ。俺が正面に座ってたら首をすくめていたな。

それにまったくもってそのとおりではある。俺としては元々冒険者として誰かの命令で動くことになるだろうと思っていたし、そこまで勝手を主張する気もないのだが、リリアに交渉を任せたら案外強硬だった。

「だから協力はすると言っておろうに。だいたい軍の動きが遅すぎるのじゃ。今日とてそちらの動きに合わせてやったのはわかっておろう？」

「今日はたまたまうまくいっただけだ。今後の連携を考えるなら指揮権の確立は必須だぞ」

(どうせわたしたちを配下にしてもっと大きな功績が欲しいんでしょう)

(帝国軍の威信もあるっすからね。いくら力があっても正体もよくわからないエルフに好き勝手やられたくはないんでしょう)

エリーやウィルたちのコメントを聞きながら、やはり関わってしまうと面倒くさいと考える。

「じゃがの、何をもって将軍殿が我らの指揮権を主張する？　帝国が強国だからか？　力であれば我らが上位にあってもおかしくあるまい？」

リリアの言葉に将軍の陣営がざわめいた。

「大義だ」

だが将軍が迷わずそう答えた。

「帝国には、人族国家の盟主として周辺諸国を糾合し、魔物に対する剣となり盾となるという大義がある。決して力のみでこの軍の指揮を任されておるのではないのだ」

（魔境からの防衛を普段は他国に任せて、有事にだけ軍を動かすほうがコストがかからないんすよね）

今回みたいに丸ごと国が落ちてしまえば取り戻すのにかなり戦力を出さねばならないが、他の国々に戦費や兵力も負担させれば帝国にとってさほど不利益もないということらしい。

（戦費を出すのはむろんヒラギスっす）

首尾よく国を奪還してもヒラギスは当分借金にあえぐこととなるだろう。機会に乗じてのヒラギスの占領は簡単だが、国を奪ってしまえばヒラギスの負債も負担することになるうえ、手に入るのは魔物に散々荒らされた土地である。

（それでも将軍の言う大義には正当性がある）

ウィルの話を受けてティリカが言う。

ヒラギスを奪う利がないとしても、帝国が大義を掲げ、領土的野心を持たないというのは周辺国にとっては安心材料だ。

「よかろう。オレンジ隊の一〇〇名は好きにするがよい」

だが満足そうに頷《うなず》いた将軍の表情がすぐに変わった。

「……待て。一〇〇名？　あとの一〇名はどうするのだ？」

いいところに気がついたな。

「我らは北を目指す」

まあ好き勝手やるにせよ、ある程度知らせておいたほうがいいだろう。

「たった一〇名でか？」

「我らの力、その目で見たであろう」

「無謀だ。連日の戦いでもはや魔力は心許《こころもと》ないだろう？　それに本国から遠く離れ、補給も支援もなしにどうするつもりだ？」

ああ、それで妙に強気だったのか。大規模魔法を連発してさすがにもう魔力がないだろうと。

俺たちは二四時間で魔力が回復するが、普通の魔法使いはもっと遅いらしく、使い切ってしまえば最低でも二日や三日は満タンにまで戻らない。エルフの精霊もそんな感じだな。

エルフ本国でさえ、魔物の短期集中攻撃で落ちかけた。魔法使いを長期運用するには十分な支援と計画性が不可欠だ。

「この町にいれば問題なかろう？　それとも我らを追い出すか？」

「む、それは……」

この町を奪還したのは俺たちだし、用済みだといきなり追い出すなどさすがに無理だろう。

まあ町から追い出されても転移魔法があるから補給も支援もまったく問題ないのだが、それもここでは語れない話だな。

「そもそも目的は同じではないか！　独自に動くことになんの意味がある!?」

意味は十分にあるのだが、それも話せない。不便だ。

やはり軍など見切って好き勝手やるほうが楽そうだ。

「……そういえばヒラギス南部の攻略はどうなっておるのかな？」

突然リリアが話を変えた。それは俺も気になっていた。

「最初の町を攻略中だと最新の知らせがあった」

「ほう。手間取っておるならそっちを手伝ってやってもよいのう」

「南方方面軍はこちらの倍以上の戦力を有している。歓迎されるとも限るまい」

渋い顔で将軍が言う。

確かにそうだ。オレンジ隊を含めても軍としては一見すると一〇〇名ほどのちっぽけなものだ。こちらの情報が伝わっているかもしれないが、そうでなければ適当に扱われておしまいだろう。

まあ南方に行くなら、基本こっちでやったように勝手にやるつもりだからさほど関係はないのだが。

「いや！　それよりもだ。なんの承認もなく他国に軍を入れるとは、国際問題ではないか？　これまでのことは戦果を鑑みて見逃してもよいが、これ以上好き勝手をするというならエルフ本国に苦情を入れねばなるまい！」

いいことを思いついたとばかりに将軍が言った。

（そういえば帝国国境も空から勝手に通過してたわね……）

エリーの言うとおりまずい。不法入国に関して調べられては非常にまずい。最悪ここまで隠していたゲートもばれるかもしれない。それに個人ならともかく、軍の規模で無許可だと確かにまずいようだ。

「ならば、我らは軍を引こう」

「なに!?」

リリアのあっさりとした返答に将軍が驚きの声をあげた。

そりゃそうだ。援軍に来たのに、不法入国だとか国際問題だとか妙な粗《あら》をつっつかれ、不快な思いまでしてここに留《とど》まる理由もない。あまり突っ込まれると困るしな!

少々動きにくくなるが仕方ない。

「リゴベルド将軍。許可なら私が出そう」

だがリリアと将軍が睨《にら》み合ってるところに老兵士——ヒラギス軍の指揮官が割り込んできた。

「し、しかし、ネイサン卿……」

「私が言うのだ。何か不服が?」

(恐らくその人物はネイサン・パルファージ公爵っすね。先代の王弟で元宰相。かなり昔に引退した人物っすけど、祖国の危機に現役復帰したんすね)

ヒラギス軍司令のネイサン卿としか紹介はされてないが、結構な偉いさんだったらしい。

「ネイサン・パルファージ公爵。先代の王弟で元宰相」

リリアのためにウィルからの情報を繰り返してやる。

(息子か親戚かもしれないっすけど……)

おい、それを早く言えよ！

「さすがはエルフ。古い話にお詳しいですな」

ほっとしたことに間違いではなかったようだ。まあ最悪、親類縁者ならそう恥ずかしい話にもならなかっただろうが。

「王族で元宰相殿の許しがあればもはやなんの問題もあるまい？」

「ぬう」

リリアが嬉《うれ》しそうに言い、将軍が悔しそうに顔を歪《ゆが》めた。お前ら仲悪いなあ。

「南方軍の指揮はエルド・サバティーニ将軍が執っておる」

ここまで黙っていた師匠も会話に加わってきた。

「ほう。剣聖殿のお弟子で高名な、あの？」

わざとらしくリリアが言う。

「そちらを訪ねるならワシも同行して紹介して進ぜよう」

味方だと思っていたのだろう。思わぬ方向からの裏切りに将軍は愕然《がくぜん》とした表情を浮かべていた。

「それはよいな。エルド将軍はもう少し話のわかる人物ならよいのう」

「ワシの口添えもあればうるさいことは言わんであろうさ」

リゴベルド将軍が非協力的なのは残念だが、南方軍から助力があればそう変わらんか？　そうなると最初から師匠と接触してれば話が早かったな。

「将軍殿に与えられた命令はこの町の奪還と防衛であろう？　我らの目的はヒラギス全土の奪還

じゃ。将軍殿が協力せぬというなら、南方軍に声をかけよう。それもダメなら単独でも我らはやるぞ」

そう言ってリリアが立ち上がった。交渉は決裂か。だがまあ師匠のお陰で最悪でも単独でってことにはならないだろう。

「そのときはワシと弟子たちでエルフ殿に協力しようではないか」

師匠は当然ながら俺たちの味方だし、むしろ身内だ。

「リシュラ王国軍もぜひとも戦列にお加えください。我が王もエルフに協力するなら労を惜しまないとおっしゃるでしょう」

フランチェスカも協力してくれるようだ。

「神殿もエルフ殿への支援は惜しみません」

間違いなくアンが一緒なのがばれてるな。取り戻す見込みがないなら、せめて味方はするということなのだろう。アンはヒラギスを助けたがってたし。

「ヒラギス軍も全軍をもってエルフ殿と共に戦いましょう」

そしてネイサン卿もひどく熱の篭《こ》もった声で協力を約束してくれた。

あれ？　これって帝国軍以外は全部うちに協力するってことになってないか？

「素晴らしい。これだけの協力があれば、もはや帝国軍は必要あるまい。将軍殿はこの町で留守番でもしているがよいぞ」

「ま、待たれよ、エルフ殿！」

立ち去るそぶりを見せたリリアに剣聖とフランチェスカどころか、神殿騎士とネイサン卿までが立ち上がったのを見て、将軍が焦った声をかけた。

「何かな、将軍殿？　南方に移動するなら日が落ちる前に急がねばならぬ」

「命令からは少々逸脱するが……エルフ殿がどうしても北を目指すというのなら協力をせんこともない」

「協力をせんこともない？」

「我が軍も、むろん最大限の協力をしよう」

リリアの問いかけに、唸《うな》るように将軍が言った。

よっぽど悔しいのだろうか。だが膝を屈せねばエルフは剣聖と共に南方軍に取られてしまう。戦力的には帝国軍のみで十分だろうが、士気はガタ落ちとなるだろう。

そう考えると最初から将軍に勝ち目などなかったのだ。

「良い心がけじゃ。我らは遠からずヒラギス首都を目指す。そのときは帝国軍も戦列の一端に加えてやろう」

そうリリアが完全に上位者の風格で締めくくった。

(うわあ。これって将軍に恨まれないっすかね？)

そりゃ気に入らんだろうよ。二〇万を指揮する将軍が、たかが一〇〇名ほどを連れたエルフにいいようにあしらわれたのだ。交渉結果はうちの完全勝利だが、リリアにまかせて果たして本当によかったのか？

（すべて終わってみれば、うちに協力したのが正解だったってわかるでしょうよ）

エリーが確信ありげにそう述べるが、そうそううまくいくのだろうか。まあ帝国関係でトラブルになったら、そのときはウィルになんとかしてもらおう！

だが俺は重要なことを失念していた。

ダークオレンジ魔導親衛隊が誰の親衛隊なのかということを。そしてすべての責任を最終的には誰が取らなければならないかを……

第18話　高貴なるエルフ

むろんリリアのヒラギス首都奪還宣言で会談はお開きとはならずに、その後は軍議となった。

魔物次第とはいえ、防衛計画の詳細をある程度は詰める必要がある。

俺たちに関しては教えたのはダークオレンジ魔道親衛隊という名前と人数くらい。一部攻撃魔法を見せてはいるが、こちらの戦力も多少は開示しなければ帝国軍側としても動きにくいだろう。

だがまあ防衛に提供するオレンジ隊に関しては秘密も何もない。魔力はずっと温存してあって満タン状態だし、冒険者換算でAランクに相当する実力者が多数。範囲魔法を使える高位の魔法使いというのはとても貴重な存在で、それが一〇〇名。魔力切れ対策にマジックポーションも多数持ち込んであるし、たとえそれすら切れたとしてもほぼ全員が弓を扱え、全員防衛戦の経験者でもある。ラクナの町の防衛に大いに役に立つだろう。

補給も必要ない。装備や矢玉はもちろん、水や食料なんかも自前で用意済み。むしろ軍に必要なら融通しようかと提案される有様だ。

不機嫌そうな将軍を尻目に、リリアから話を聞く将軍の部下たちの表情は明るかった。面子だなんだという将軍と違って前線で戦う兵士を率いる指揮官たちだ。多大な戦力の提供は生死に直結する。素直にありがたいのだろう。

俺たちに関しても話が出たのだが、「軍事機密じゃ」の一言で追及を断念したようだ。高位の魔法使いはどこでも貴重だ。目の前で全力を見せたにせよ、それ以上の詮索《せんさく》をされたくないのはわかるのだろう。

話が急展開した発端は、そのオレンジ隊が親衛隊なのになぜ義勇兵なのかという部分だった。しかも王の親衛隊ではないとリリアは断言してしまった。実際違うしな。虚偽報告は真偽官を連れてこられると一発でばれてしまうからしないほうがいい。

なら誰のための親衛隊なのか？　リリアの親衛隊というのが一番しっくりくるのだろうが……

「ハイエルフじゃ」

「ハイエルフ？」

耳慣れない言葉だったのだろう。将軍の副官が聞き返してきた。

（はいえるふ？　ハイエルフっていつかマサルが話してた、物語とかに出てくるっていう……）

エリーたちのほうでも困惑の声があがっていた。

俺も突然出てきた突飛な単語に驚いていたのだが、話のネタにダークエルフがいるならハーフエルフやハイエルフがいないのかとリリアと話した記憶がある。人間とエルフの異種族間交配はごく稀《まれ》にあるのだが、必ずどちらかの種族性が強く出て、ハーフエルフという感じにはならないのだそうだ。

そして薄々わかってはいたがハイエルフも無論この世界には存在しない。だがリリアはその設定をとても面白がって色々と尋ねてきていた。特別な力を持つエルフの上位者。それに一番近い存在はまさにリリア本人だろう。

「エルフの中でも特別な力を持つ、王にすら従わぬ至高の存在。それがハイエルフじゃ。ダークオレンジ魔導親衛隊はハイエルフを守り、支援するために作った部隊でな」

師匠は面白そうに、フランチェスカは驚いた顔でリリアの話を聞いていた。いやマジで、そんな設定新しく作ってどうすんだ。だがもはや止めるには遅すぎる。

「誰も知らぬのも無理はない。わざわざ教えなかったからの」

圧倒的なまでに強大な魔力を持つハイエルフはエルフの至宝だ。おいそれと存在を明かすわけもない。それに地理的なこともある。エルフの里は魔境と接するどころかほとんど魔境に突き出た、恐ろしく危険な領地だ。防衛の切り札たるハイエルフをそうそう外に出すこともできないと、まるで真実であるかのようにリリアは語りきった。

「であるからして、ハイエルフに関しては情報が厳重に秘されておるし、一時的にでも指揮権を渡すことはできぬ」

ふうむ。だが案外筋は通っている。謎のハイエルフという存在をでっち上げることによって加護のことは誤魔化せる。真偽官に突っ込まれたらどうするのかとか、俺やエリーたちのことはどうするのかという問題はあるのだが……

それもどうにかなるだろうか？　加護を持ったエルフを公式にハイエルフと呼ぶことにしてしまえばいいのだ。そこに嘘《うそ》は存在しない。俺たちに関してはエルフ王は一族と思って頼ってくれとか言ってたから名誉エルフってことにでもしてしまえばいい。そして色々明るみに出たときは隠していたエリーのゲート魔法がハイエルフが外部に出る理由の一つにもなる。有事にはいつでも安全地帯に戻れることは大きい。

「そなたらもハイエルフの存在は一切広言してはならぬ。良からぬことを考える輩《やから》はどこにでもいるのでな」

捕獲して奴隷紋か奴隷の首輪で縛ってしまえばエルフとて容易に支配されてしまう。

実際かつては見目麗しく、魔力も強いエルフを捕らえて奴隷とするようなことが横行していたという。現在は強力な奴隷紋は違法のようだが、こんな世界でどこまで信用できるものか。魔族のことを除いても用心に用心を重ねることは無駄ではないだろう。

「しかしハイエルフの方はなぜ国からお出になったんです？」

実際に振るわれた俺の魔法を目にした者は、その強大な魔力にハイエルフの存在を疑いもしなかったのだろう。そして誰一人知る者がいないほど徹底的に秘された理由に関しても。

だがそうなると、それほど極秘で貴重な存在がなぜ今ここにいるのか疑問が生じる。ヒラギスはエルフの領地からは遠く縁もゆかりもない。どこかから要請があったわけでもない。

「知っておるか？　ここヒラギスにも三三名のエルフが暮らしておったそうじゃ」

「ほう。ではそのエルフの方々の頼みで？」

「軍と共に魔物の足止めをすべく戦い、そして誰一人帝国領にまでたどり着いてはおらんかった」

ヒラギスが滅ぶ混乱の最中、その行方を知るものはほとんどいなかったが、どうやらヒラギス軍とともに殿《しんがり》を務め、避難民が逃げる時間を稼ぐための魔物の足止めをしていてそのまま……ということのようだ。

「それは……」

全滅と聞いてさすがに声もないようだった。

「我らはその弔いに来ておるのじゃ」

たとえ神託がなくとも、リリアはヒラギスで戦いたかったのだろう。そこに嘘は一片たりともない。

そしてそれ以上ハイエルフに関して疑問を口にする者もなく軍議は無事終わり、この世界にハイエルフという存在が初めて認知されたのだった。

まあ少なくともリリアたちが死ぬまでの何百年かはハイエルフが現実に存在することになるのは間違いないし、この件での不都合は遠い未来、俺やリリアの子孫が負うことになるのだろうか？

だが今現在としては、謎めいたハイエルフは神の使徒という存在を隠してくれるうまい言い訳になりそうなのは確かだ。

どこかで破綻しなければだが……

■■■■■■■■■■■

「やっぱり南も見ておくべきね」

軍議から戻った俺たちを宿舎の庭まで出て迎えてくれたエリーが言った。

南方の攻略は順調との知らせがあったのは今日のお昼くらいだったそうだ。戦場では何が起こるかわからない。一度見に行って転移ポイントを確保しておくべきだろう。

欲を言えば事前にやっておきたかったところだが、こんな唐突に戦場へと突入することになるなんて誰も思ってもいなかったし、エリーはエリーで相当忙しかった。

実家の開拓の手伝いだけでなく新しくできた鉱山の差配に、ヤマノス家の領地もオルバ、ナーニア夫妻に任せてあるとはいえ、立ち上げたばかりの味噌《みそ》と醤油《しょうゆ》づくりに、旅の途中でスカウトした蒸留酒づくりの職人も到着していて、その面倒も見なければならなかった。

こうして改めて列挙してみると、修行期間、俺たちの中で一番忙しかったのはエリーだったのかもしれない。余計なことに時間を割く余裕はほとんどなかっただろう。

「明日の朝だな」

すでに日はとっぷりと暮れている。今日も朝からずっと忙しかったし、今からというのもさすがにない。俺だけならこの程度は問題はないが、ヒラギス奪還は始まったばかり。緊急事態の知らせでもあれば別だが、二日目から夜通し移動などの無理はすべきではないだろう。

「そうね。暗いうちに出て、夜明けくらいにあっちに着けばいいかしらね？」

こっちにはひっそりと戻ってこられるし、誰にも気づかれることはない。

「そうしよう」

俺とエリーが相談しているうちに庭に魔法の明かりが灯《とも》され、ウィルたちの剣の修練が始まっていた。それでみんなしてぞろぞろと出てきていたのか。

俺もやっとかないとな。剣の修行はまだ途中も途中。毎日の修練を欠かさないように師匠からは言いつけられている。今日くらいはいいと俺は思うんだが、こいつらは真面目だな。まあ寝る前に俺も軽く運動しておくか。

「ウィル、今日は疲れただろう？」

ふと気がついたことがあり、動きを止めたのを見計らってウィルに声をかける。

「え？　なんすか？　兄貴？　おれはそれほど疲れてもないっすけど……」

滅多にない優しげな言葉に珍しくウィルがうろたえている。

「気配察知を使いっぱなしだと神経が疲れるんだよ。覚えたてならまだ慣れてないだろ？」

視覚がもう一つ増えるようなものだ。ティリカなんかは召喚獣との併用で最初は倒れかけた。

「あー、確かにそうっすね」

「いまシラーとやりながら使ってたか？　気配察知は剣にも使える」

「へー」

「やってみせよう」

そう言って背中のマントをばさっと顔の前面に被《かぶ》せて軽く縛る。

「これで視界はまったくなくなった。サティ」

こちらの意図を察して剣を抜いたサティが足音を殺して動く。修行の一環で何度もやったことだ。

そのときは単に目をつぶっただけだったが。

するすると真横に移動したサティが音もなく斬りかかってきた。

中段……と見せかけてフェイントの下段。

防がれたサティはさっと跳び離れて、またじりじりと位置を変えて――

「ほんとに見えてないんですか？　すごい！」

「あれ真剣ですよね!?」

「あ、また躱《かわ》した！」

ウィルに見せるためにやったことだが、エルフちゃんたちにも好評なようだ。

サティの動きが変わった。近接戦を挑んでくるようだ。探知に距離は関係ないが、細かく速い動きをされると視覚なしだと少々厄介だ。サティめ、修行だからと厳しくやるつもりなのだろう。

今日は軽くって思ってたのに、さすがに言わないとそこまでは斟酌《しんしゃく》してくれんか。仕方ない。

集中を高めてサティの剣を受け、流し、躱す。

気配察知は生体のみを探知するから無機物の剣筋を完全に知ることはできない。勘と経験、それと剣の風切り音で補完するのだが、短い軌道で速い剣を繰り出されるとその難易度が跳ね上がる。

真剣を使用した実戦さながらの剣戟《けんげき》に観客も息を呑《の》む。俺も周囲に気を配る余裕は……

ほんのわずかな違和感。観戦しているエルフの輪が乱れ、誰かが輪の内部に踏み込んできた。まずい。サティのように足音を殺し俺の背後を取る、明確に殺意のある動き。

目隠しを取る暇もない。サティの剣を跳ね上げ……られない。剣と剣が拮抗《きっこう》する。

サティの力で剣はあっさりと押さえ込まれた。

そして後ろの闖入者《ちんにゅうしゃ》は接近しつつ剣に手をかけようとしていた。

「ひっ」

ようやく闖入者に気がついたエルフちゃんから短い悲鳴が漏れる。

膝を落とし、限界を超えた力を絞り出し、今度こそサティの剣を跳ね上げる。だが剣はもう間に合わん。左手を振り後方の襲撃者の剣へとプレートメイルの手甲《てっこう》を合わせた。最悪腕一本。

ギンッ。だが襲撃者の剣を手甲で弾《はじ》くことに無事成功した。

そしてそのまま体を捻《ひね》り、サティと襲撃者から距離を取った。双方からの追撃はない。

「師匠……」

顔に被せていたマントを取る。こんな悪質な悪戯《いたずら》をするのは師匠くらいしかいない。

宿舎はエルフが警備しているはずだが、師匠相手では通常の警戒で防ぐのは無理だし、サティも最初からわかっていて続行したのだろう。

「あの状況でよくぞ防いだ。さすがワシの一番弟子よ」

徘徊《はいかい》用の怪しげなローブを着た師匠が機嫌よく言う。さすが一番弟子じゃねーよ。手甲には深く傷が入り、師匠が少しでも本気だったら、もしくはエルフ謹製の頑丈なプレートメイルでなかったら手首のあたりが切り落とされていたかもしれない。

サティのほうは寸止めが期待できても、師匠は本当にやりかねんところがある。腕一本切り落とされたくらいなら、すぐに治療すればくっつくとか何度か言っていたし。

奥義で無理やり力を出した副作用で膝が痛む。今日はたっぷり働いたから修行は軽くと思ってたのに、なんでダメージまで負っているのだろうか。

「やはりまだ使いこなせんようだな」

膝に回復をかけている俺に師匠が言う。

剣術の修行は順調だったと言ってもいいだろう。たくさんの強い剣士と間断なく戦い、技術と経験をたっぷりと磨いた。体力もかなり強化した。

だが奥義が問題だった。サティはあっさり習得して使いこなしていたのだが、俺はといえば使えることは使えるのだが、威力の調整ができなかった。パワーが出すぎてしまうのだ。そうして膝なり腕なりどこか痛める。一撃で終わりでは文字どおり最後の切り札だ。今みたいになかなか応用は利くが、実戦ではそうそう使えそうもない。

現状でも使いこなせないから加護の肉体強化をしては危険だろうと、強化を戻すのも当分お預けだ。むしろ奥義を封印して強化を戻したほうが一気に強くなれそうな気もするのだが、ヒラギス奪還作戦の真っ最中にやれることでもない。

ダメージを消して一息つく。師匠とは改めて話すことが……あるか？　こっちの動きはだいたい把握しているようだし、俺たちのやりたいことはリリアが言った。

ああ、そうそう。エルド将軍のことがあったな。

「明日の未明に、俺たちだけで南方を見に行こうと思うんですが、師匠も来られますか？」

「では約束どおりエルド将軍に紹介しよう」

そっちはどうだろうか。南方が順調そうならゲートポイントを設定するだけで終わるはずだ。

「はい。そのときはお願いします」

だがまあ接触する必要のあるときに備えて保険は必要だろう。

今日すべきことはこんなところか？　いや、ハイエルフのことがあった。関係者で公式設定をしっかり周知しておくべきだ。そうなるとエルフの里にも連絡を入れる必要があるな。みんなを集めて、エルフの里に移動して一気に話してしまうのが早いだろうか？　さっさと済ませて明日に備え……

「リリア様。ご来客です」

「こんな時間に誰じゃ？」

「ヒラギス軍指揮官のネイサン卿と、神殿騎士の方です」

だがまだまだ解放はしてもらえないようだ。ネイサン卿はともかく、神殿騎士は聖女様はいませんってお帰り願うわけにはいかないいかな。

ダメなんだろうなあ……

第19話　リシュラの聖女様

もう面倒になったので神殿騎士団とかの交渉はリリアにぶん投げて俺は宿舎に引っ込んで休憩することにした。

どうせ俺がいても後ろで見てるだけになるしな！

「マサル、お風呂あるわよ」

宿舎に入ってすぐの広間に戻ったところでエリーが教えてくれた。

宿舎にはまだ家具も設備もほとんどないなか、俺が入りたいだろうとエルフさんが優先して作ってくれたのだそうだ。素晴らしい。

外からの魔物の襲撃に関してはオレンジ隊からも人をやって厳重に警戒されているし、リリアのほうの状況も召喚獣を潜ませて監視中だ。

鎧《よろい》を脱いでくつろいでも、もう大丈夫だろう。

「じゃあ先にお風呂を貰《もら》おう」

サティに鎧を外してもらいながら、エリーの確認事項に耳を傾ける。

ハイエルフの設定の周知のためにエルフの里へ。そのついでに宿舎用の家具や長期の籠城のための物資の搬入をしてほしいらしい。

それとオレンジ隊の一〇〇名が入るには宿舎一つじゃさすがに足りないので、もう一棟か二棟建てたいという。確かに宿舎には半分も戻ってないはずだが、広間はエルフちゃんたちで相当混雑している。

これは明日以降でもいいが、外の面倒が片付いたら今日俺がやってしまうことにした。エリーの土魔法では俺の半分くらいのサイズの建物しか作れない。

外では神殿騎士たちがリリアにうまくあしらわれていた。

一応アンを出せとの要求はしていたが、今さら事を荒立てる気はないようだ。

リリアは知らぬ存ぜぬで通すことにしたようだ。いると言ってしまえばどうしても会わせずには済ませられないだろうし、そうなると面倒事が起きる可能性がある。

お風呂は一〇人以上入れそうなサイズだったがサティと貸し切りだった。

みんなは外のやり取りが気になるようで、引き続きティリカの実況を聞いていたいらしい。

サティは聴覚探知でその実況がお風呂場でも聞けるようだ。

それでサティと二人、広いお風呂で洗いっこをしていると、外が修羅場の様相を呈してきた。

神殿騎士団からも護衛を出したい。側《そば》に置いておきたいと言ってきたのだ。

リリアはむろん断った。転移やフライで移動しまくるのに邪魔すぎる。

それに……

「信用できぬ。上の者に攫《さら》えと命じられて従わないわけにもいくまい？」

「攫うなどと！」

「連れ戻せと言われてはおらぬのか？　それとも保護か？　どちらにせよ連れ去られるほうにとっ

て大きな違いはなかろう」

言葉に詰まる神殿騎士の隊長にリリアが畳み掛ける。

「聖女だなんだと勝手に祭り上げ、上の命令があれば平気で手のひらを返すのじゃろう？　そのような信用ならぬ味方など不要。我らの視界の外で好きに遊んでいればよかろう」

辛辣《しんらつ》な言い方であるが、今は余裕がない。余計な荷物は不要だ。

ここで神殿騎士の隊長が、ならば神殿を抜け聖女の私兵となるとか言い出した。

「俺はこれより神殿を離れ、聖女様の私兵となる。隊は副長に任せる」

「しかしそれでは!?」

「今こそ人生での為《な》すべきことがわかった。俺のすべてを……」

「いや待って!?」

オレンジ隊に紛《まぎ》れて話を聞いていたアンがここでたまらず飛び出した。

「おお、アンジェラ様！」

「お願いだから神殿を離れるなんてやめてください！」

「そうです、隊長！　ただでさえ上がうるさいのに個人的に派閥を作ったりなんかしたら……」

アンが副官の人の言葉に必死に頷《うなず》いている。

そもそも聖女というのもちゃんと認定されたものではないのだ。いずれ正式に、という話でほぼ確定したことではあるようなのだが、今のところ現地で勝手に崇《あが》めて呼んでいるだけ。

おまけに上層部でアンの聖女認定を巡って懐疑派と擁護派で争いがあるとかないとか。

ややこしいのは保護命令が味方であるはずの擁護派から出ていることだ。いっそ懐疑派が優勢になれば聖女認定もなくなっていいのだろうが、それはそれで敵が増えても困るし、なにより現状は擁護派が優勢のようだ。

「わかりました。聖女様のおわすこの町を全力でお護《まも》り致しましょう！」

アンと部下の説得で神殿からの離脱は思いとどまり、町の防衛に尽力するってことで落ち着いた。

次はヒラギス軍指揮官のネイサン卿である。この人はここまでの俺たちの働きに礼を言いに来たようだ。

峠を突破するにあたって一番槍《いちばんやり》の帝国軍が潰走《かいそう》した後、次に先陣を割り当てられたのはヒラギス軍だった。それが無傷でラクナの町へと到達できたのだ。ラクナの町の奪還も合わせて多大な功績である。

「我が主《あるじ》、ヒラギス公王に成り代わり礼を申します」

そう言って深々と頭を下げた。

「それから……部下に聞くまでまったく知りませなんだ。聖女様にはヒラギス帝国居留地に多大なる援助をしていただいたそうで」

ここ二日の戦いの礼のあと、ヒラギス居留地のことに話が移った。

「それは神官としての役割を果たしただけです」

「役割だけなどとととんでもない話です！」

ネイサン卿が話すのは、疲弊した避難民の病や怪我の治療にはじまり、多額の寄付に食料の支援。

養育院の建設。居留地に建物をいくつも建て、井戸やトイレ、農地や公衆浴場をも造設。特に恵まれなかった獣人たちに対しては武術の指南や簡単な学校まで作った。

そして赤い羽根募金で多額の寄付を集め、時折自ら狩りに出かけては、大量の獲物を持ち帰りこれもすべて避難民へと提供。

さらには、引きこもって領地からほとんで出てこなかったエルフの部隊を引っ張り出したことなど、リゴベルド将軍との会談以前はアンの功績だと噂《うわさ》されていたようだ。

ネイサン卿が突然戦場に現れたエルフのことを調べたとき、即座にあがったのが聖女アンジェラの名だったのがそもそもの始まりらしい。

聖女様のところには何人ものエルフが出入りしていた。恐らく聖女様のご威光で縁のあるエルフに働きかけたのだろうと。そこからさらに聖女のことを調べてみると、芋づる式にアンの功績が露見したという流れだ。

「聖女様のお噂はかねがね耳に届いてはいましたが、まさかこれほどのことをしていただいていたとは……」

本来ならヒラギスの上層部がするべきすべてのことを俺たちで代行した形だ。

しかしこれ、やったこと全部ばれてるね！

しかもかなり詳細である。まあ現地の人には隠しようもないものなあ。

それでも調べるまで上のほうは知らなかったというし、聖女様の功績ってことで俺たちのことが出てこなかったのはそれなりに隠蔽《いんぺい》できてるということだろうか。単に一日の調査では時間不足だっただけなのかもしれないが。

「私は神官としてほんの少し手助けしただけで、大したことはやってないんですよ」

そのすべての功績をアンは否定した。

治療は神官の通常業務だし、養育院は手伝った程度。寄付はみんなの努力。自分が提供した寄付金や狩りの獲物もほんの少し提供したのを大げさに言われているだけ。建物や学校にはほとんど関わっていない。エルフ部隊についてはリリアが言ったとおり、死んだエルフたちの弔いだ。

まあ俺たちみんなでやったことだし、俺たちのことを持ち出すこともできない。大部分は否定するしかない。

感謝されるほどでもないし、礼をされる謂《いわ》れもない。そうアンは締めくくったのだが……

「なるほど、これがリシュラの聖女と言われる所以《ゆえん》」

だが、こうなってしまうとどうしようもない。

事実が厳然としてある以上、下手な否定は謙遜としか取られない。別に気にするなと言っても恩を受けたほうは余計に感謝する。

短期間に上げた業績はとても一人でやったとは思えないほどの巨大さで、しかも神殿からの帰還命令に反してでも最前線で共に戦うことを選ぶ。

それを為すのが女神のように美しい神官である。感動しないわけがない。

「こ、このような素晴らしいお方をヒラギスに遣わしていただいたことを神に感謝せねば」

ネイサン卿はアンジェラを拝まんばかりで、感動のあまり声を震わせ涙まで流している始末だ。

「いやほんとーに、あまり気にしないでもらったほうが……」

アンがおろおろして言っているが、こうして上層部にまで知れ渡った以上、聖女の名声はさらに高まりそうだ。


「アンも大変だなー」

他人事《ひとごと》として外部から眺めている分には面白い見ものではある。

「大変ですね！」

湯船でちゃぷちゃぷしながらサティがなぜか楽しそうに同意した。そういえばサティはなんだかいつもより機嫌が良さそうだ。まさかアンが困っているのが面白いわけでもないし、なにかいいことでもあったのだろうか？

「やっぱりマサル様が一番強いんだなって」

問えば、えへへと表情をかわいらしく崩してサティが言う。

「そうか？」

「そうですよ！　目隠し状態なのにお師匠様と二人がかりで仕留められなかったんですよ。あんなこと誰にもできません！」

聴覚探知ではお師匠様の隠形を見破るのは難しいからサティでも厳しいか。確かにあんなことができるのは世界広しといえど俺だけだろう。

奥義習得からこっち、剣術のほうはぱっとしなかったからなー。

サティには勝てなくなったし、フランチェスカや他のメンツとは勝ったり負けたり。ウィルとシラーちゃんともさほど差がなくなってしまった。

「さっきのは追撃もなかったからな」

一撃だから助かった。修練で周りが味方だけになったとはいえ油断しすぎた。探知はできていたのだ。戦場であれば、一直線にこちらへ向かってくる動きにもっと早く気がついたはずだ。

山道での師匠の襲撃と同じくらい手痛いミスだ。あれが本物の襲撃者であれば、今頃俺は生きてはいまい。剣聖まではさすがにいないが、俺程度の剣士ならごろごろといるのだ。

「大丈夫です。一瞬でいいんです。ほんの少し耐えてくれればわたしたちがなんとかします」

なるほど。サティと師匠の奇襲に、たとえ一撃だけでも耐えたという事実は重要だな。俺程度の剣士なら相当数いるが、サティと師匠並みの敵が同時に襲撃してくるなどということはまずあるまい。

どんな敵でも、どのような状況でも、一撃は耐える。

そうすれば周りがなんとかしてくれる。

「そうだな」

サティは修行で本当に強くなった。

必要とあれば剣聖相手ですら必要なだけ耐えきるだろう。

「サティはとても頼りになるな」

「おまかせください！　それと魔法もすごかったです！　エルフさんたちもすごくびっくりしてま

したよ！」

久しぶりの本気魔法だったが、制御が心なしか以前より楽になった気がするな。魔法に慣れたか、それとも剣の修行で精神力が上がったからだろうか？　第二宿舎建造でちょっと試してみようか。

おっと。リリアとアンのほうの会談はなんとか終わったようだ。

もうちょっとサティとゆっくりしてたいところだが、まだまだ仕事は山積みだ。時間があれば遊んでから出るのだが、状況が状況だ。こんなところで色っぽい雰囲気でお風呂から出ていくのも不真面目すぎるだろう。我慢我慢。

お風呂から上がるとみんな戻ってきていて、アンがぐったりした様子だった。

「お疲れ」

「失敗だったかなあ」

せっかく隠れてたのに顔を出しちゃったことだろう。

「あそこで出ないと、神殿の役目から解き放たれたアンの熱心な信者が誕生してたところだったぞ」

日本ではそれをストーカーと言う。まだ神殿に属してお仕事しながらのほうが幾分かましだろう。

「私なんて、ここだと本当に地味なほうなのに」

スペック的には目立ったところがないと言えないこともないが、それも俺たちが基準なだけで、アンほどの最高レベルの治癒と攻撃魔法を兼ね備えている神官なんてどこを捜してもいないだろう。

ジョブで言えばもう賢者だな。

しかし今のところ攻撃魔法の方は多少は使える程度に思われていて、もしそっちも範囲魔法をばんばん撃つレベルだと知られればどうなることやら。

まだ今の、聖女様は後方支援に！　なんて言ってもらえる現状のほうがマシだろう。

さらにメイスも棍棒術《こんぼう》がレベル5で神殿騎士団など歯牙にもかけない実力である。ただこれは上げただけでろくに修行もしてないので、暇ができたら一度みっちり仕込む必要があるな。

「地味ってアン……」

エリーが呆《あき》れたように言う。アンは出会ったときも美人だったが、エルフ産の最高級の化粧品やヘアケア用品が入ってくるようになって、肌の色艶や長くて美しい金髪は光り輝かんばかりになっている。

放っておくとアンは忙しさにかまけて見た目のことはあまり気にしないので、通ってずっと世話をしていたのはエリーである。その甲斐《かい》もあって焦げ茶の地味なローブ姿でも、顔を出せばあふれ出すオーラは隠しようがない。エルフに交じっていてもひときわ目を引くほど。そりゃすぐに聖女とか言われるわ。

「まあ喋《しゃべ》ってないで仕事しようか」

アンのことは俺にはどうしようもない。なんならあとでしっぽり慰めてやろう。

「そうね。エルフの里へ急ぎましょう」

当座はオレンジ隊に交じっていれば周りは静かだろう。攻撃魔法は全部エルフとハイエルフの仕業ってことにしてしまえるし、そのハイエルフの話をしに行かねば。

全員で連れ立ってエリーのゲートで移動するとエルフ城はいつもより多くのエルフの姿があり、慌ただしい雰囲気に包まれていた。

「王様は追加のオレンジ隊の選抜中？」

一次募集は若手で優秀、加護候補ということで色んな条件がつけられ相当数が絞られたのだが、今回の二次募集ではラクナの町の防衛戦がメインということで基準は能力のみにした。するとえらい数の応募が来たそうで、それを王様自らホールで選抜中とのことである。

「おお、マサル殿！　先ほど明日出立の九九名の選抜が終わったところでしてな。どこに出しても恥ずかしくない強力な精鋭を揃《そろ》えました！」

「ええ？　あまりここの戦力を減らすのもまずくないですか？」

「たかが一〇〇や二〇〇減ったところでエルフの里は小揺るぎもしませんぞ」

前回の反省から備蓄や防衛体制のさらなる強化、それと大規模な魔物の襲撃に対しては王国や冒険者ギルドに対しての素早い支援要請と即応体制も整えたそうである。

「それに今はマサル殿たちからの支援もありますからな」

緊急時の戦力としてだけでなく、物資面での支援も期待できる。王国の最辺境のエルフの里である。交易ひとつ取っても輸送の手間はもちろん、やり取りだけでも時間がかかり、そう簡単にはいかなかった。それが俺に頼めばどんな品でも一瞬である。

「今回は神託の戦いということで特に皆が張り切ってましてな。長老がたもあと一〇〇年は戦ってみせると重い腰を上げてくださって」

大変にありがたいことだし、張り切っているところに水を差すこともあるまい。

「そういえば皆さんお揃いで、どうされましたかな？」

今さら俺たちが勢揃《せいぞろ》いして来たのに気がついたようだ。普段はエリーに誰か一人か二人くっついてくる程度であるが、師匠までいる。

「それです父上。実は少々面白いことを思いつきまして」

リリアがハイエルフの設定について説明を始めた。

「なるほど。ハイエルフか……」

突飛な話にさすがの王様も考え込んでいる。

「そうです。帝国や他の国ではエルフはずいぶんと低く見られております。ヒラギスでの戦いで武名を高めるだけでは少々インパクトが足りませぬ」

エリーのお兄さんのところへと行ったときもずいぶんとぞんざいな扱いだったと聞く。それをまだ気にしていたのか。

「いずれエルフの名を聞くだけで誰もが敬意を払うくらいにせねばなりません。そうでなくてはマサルの後ろ盾として頼りにはなりませぬ」

エルフが帝国で舐《な》められては後ろ盾として機能しているとは言いがたい。その発言権が高まれば、何かあったときにそれだけ俺たちが楽になる。

軍との交渉でひたすら強気だったのも、オレンジ隊もハイエルフも結局はすべて俺のため。俺の力となるためだったか。

「よかろう。リリよ、此度《こたび》の戦でハイエルフの名、深く世界に刻んでくるがよい」

「はっ、必ずや！」

エルフには本当に頭が上がらんな。

「そのような顔をするでない、マサル」

エルフ王との必要な会話を終え、家路につくべく俺たちだけで集まったときリリアが言った。

「我らは決してそなたのためだけに犠牲を払おうとしているわけではないし、神託があるからという理由だけでもない」

名声や後ろ盾という話も理由の一つであるのだが、そうリリアは続ける。

「エルフは魔法と長命だけが取り柄のか弱い種族じゃ。人口も少なく、辺境で隠れるように暮らすしかなかった。それが我らの本当の姿」

神の名のもと、人族の四種族は同格のはずだった。それどころかエルフは魔法への高い適性と精霊魔法を賜った特別な種族だという自負があった。それがどうだ。一時期は森の狩人という二つ名をつけられることもあった。なんのことはない、徐々に中央から追いやられ、森で暮らすしかなかったというだけの話だ。

「これは我らが誇りを取り戻すための戦い。再び世界で人間や獣人、ドワーフたちと並び立つための戦いじゃ」

リリアの言葉に改めて戦うために集《つど》ったエルフたちを見る。そこにかつての戦いで見た悲壮感はどこにもない。

この戦い次第でエルフという種族の今後が大きく変わる？　話がだんだん大きくなってきた気がするが……今さらか……今さらだな！

ヒラギス北方方面軍はほぼ影響下に置いた。南方方面軍の指揮官は師匠の弟子だという。笑ってしまうくらい俺たちの影響力は大きくなっている。ヒラギス奪還作戦に参加してまだたった二日目でこれである。

「では俺たちは戦場に戻ってすべきことをしよう」

真面目くさった風の俺の言葉にエリーがゲートの詠唱を始めた。

真剣なリリアやエルフたちを前に笑うのはさすがに不謹慎と、それだけ言うのが精一杯だった。

ニートだけどハロワにいったら異世界につれてかれた

MFブックス

ニートだけどハロワにいったら異世界につれてかれた 10

2021年1月25日　初版第一刷発行

著者　桂かすが
発行者　青柳昌行
発行　株式会社KADOKAWA
〒102-8177　東京都千代田区富士見2-13-3
0570-002-301（ナビダイヤル）
印刷・製本　株式会社廣済堂
ISBN 978-4-04-065909-1 C0093

企画　株式会社フロンティアワークス
担当編集　小寺盛巳／下澤鮎美／福島瑠衣子(株式会社フロンティアワークス)
ブックデザイン　ウエダデザイン室
デザインフォーマット　ragtime
イラスト　さめだ小判

本シリーズは「小説家になろう」（https://syosetu.com/）初出の作品を加筆の上書籍化したものです。

ファンレター、作品のご感想をお待ちしています

宛先
〒102-0071　東京都千代田区富士見2-13-12
株式会社KADOKAWA　MFブックス編集部気付
「桂かすが先生」係「さめだ小判先生」係

二次元コードまたはURLをご利用の上
右記のパスワードを入力してアンケートにご協力ください。

https://kdq.jp/mfb
パスワード
ki5d7

●PC・スマートフォンにも対応しております（一部対応していない機種もございます）。
●お答えいただいた方全員に、作者が書き下ろした「こぼれ話」をプレゼント!
●サイトにアクセスする際や、登録・メール送信時にかかる通信費はご負担ください。

MFブックス
MFブックス新シリーズ発売中!!
雷帝の軌跡
～俺だけ使える【雷魔術】で異世界最強に！～
著 平成オワリ
ill. まろ
STORY
雷神の手違いにより異世界へ転生したシズル。破天荒な父や、優しき婚約者ルキナと接しながら彼は世界でただ一人の雷魔術師として成長していき――。生まれ持った【雷神の加護】で強敵すらもなんのその!? これは唯一無二の少年が【雷帝】へ至るキセキの物語。
手にしたのは
自分だけが使える
《雷魔術》!!

魔導具師ダリヤはうつむかない
～今日から自由な職人ライフ～
甘岸久弥 1
魔導具師ダリヤはうつむかない
～今日から自由な職人ライフ～
甘岸久弥 2
魔導具師ダリヤはうつむかない
～今日から自由な職人ライフ～
甘岸久弥 3
魔導具師ダリヤはうつむかない
～今日から自由な職人ライフ～
甘岸久弥 4
魔導具師ダリヤはうつむかない
～今日から自由な職人ライフ～
甘岸久弥 5
人工魔剣！
便利アイテム！
魔物グルメ！
シリーズ大好評発売中!!

女性職人の
ものづくり
異世界ファンタジー
読めば応援
したくなる!
魔導具師ダリヤはうつむかない
~今日から自由な職人ライフ~
甘岸久弥
イラスト:景

好評発売中!!

毎月25日発売

盾の勇者の成り上がり ①～㉒
著：アネコユサギ／イラスト：弥南せいら
極上の異世界リベンジファンタジー！

槍の勇者のやり直し ①～③
著：アネコユサギ／イラスト：弥南せいら
『盾の勇者の成り上がり』待望のスピンオフ、ついにスタート!!

フェアリーテイル・クロニクル ①～⑳
～空気読まない異世界ライフ～
著：埴輪星人／イラスト：ｒｉｃｃｉ
ヘタレ男と美少女が綴るモノづくり系異世界ファンタジー！

春菜ちゃん、がんばる？ フェアリーテイル・クロニクル ①～③
著：埴輪星人／イラスト：ｒｉｃｃｉ
日本と異世界で春菜ちゃん、がんばる？

無職転生～異世界行ったら本気だす～ ①～㉔
著：理不尽な孫の手／イラスト：シロタカ
アニメ化決定!! 究極の大河転生ファンタジー！

八男って、それはないでしょう！ ①～㉑
著：Ｙ・Ａ／イラスト：藤ちょこ
富と地位、苦難と女難の物語

異世界薬局 ①～⑦
著：高山理図／イラスト：ｋｅｅｐｏｕｔ
異世界チート×現代薬学。人助けファンタジー、本日開業！

魔導具師ダリヤはうつむかない ①～⑤
～今日から自由な職人ライフ～
著：甘岸久弥／イラスト：景
魔法のあふれる異世界で、自由気ままなものづくりスタート！

ニートだけどハロワにいったら異世界につれてかれた ①～⑩
著：桂かすが／イラスト：さめだ小判
目指せ異世界ハーレムライフ。就活は戦いだ！

アラフォー賢者の異世界生活日記 ①～⑬
著：寿安清／イラスト：ジョンディー
40歳おっさん、ゲームの能力を引き継いで異世界に転生す！

異世界で手に入れた生産スキルは最強だったようです。 ①～③
～創造&器用のWチートで無双する～
著：遠野九重／イラスト：人米
手にした生産スキルが万能すぎる!? 創造したアイテムを使いこなせ！

二度目の勇者は復讐の道を嗤い歩む ①～⑧
著：木塚ネロ／イラスト：真空
世界を救った「勇者」が裏切られた――。
今、壮絶な復讐譚が始まる！

バフ持ち転生貴族の辺境領地開発記 ①～②
著：すずの木くろ／イラスト：伍長
転生貴族が奇跡を起こす！ いざ辺境の地を大都会へ!!

異世界の剣豪から力と技を継承してみた ①～②
著：赤雪トナ／イラスト：藍飴
剣のひと振りで異世界を切り開く！

万能スキル『調味料作成』で異世界を生き抜きます！ ①～②
著：あろえ／イラスト：福きつね
魔物を倒す&調理する、万能スキル持ち冒険者のグルメコメディ！

辺境ぐらしの魔王、転生して最強の魔術師になる ①～②
著：千月さかき／イラスト：吉武
最強の魔術師として成り上がる！

MFブックス既刊

呪いの魔剣で高負荷トレーニング!? ①〜②
〜知られちゃいけない仮面の冒険者〜
著：こげ丸／イラスト：会帆
その身に秘めし、真の力で〝斬り〟抜けろ!!

洞窟王からはじめる楽園ライフ ①〜②
〜万能の採掘スキルで最強に!?〜
著：苗原一／イラスト：匈歌ハトリ
採掘の力で不思議な石がザックザク!? 自分だけの楽園を作ろう!!

転生特典【経験値1000倍】を得た村人、無双するたびにレベルアップ！ ますます無双してしまう ①〜②
著：六志麻あさ／イラスト：眠介
ただの村人から最強の英雄に!? 爽快成り上がりファンタジー開幕！

異世界もふもふカフェ ①〜②
著：ぷにちゃん／イラスト：Tobi
もふもふ達と異世界でカフェをオープン！

二度追放された魔術師は魔術創造〈ユニークメイカー〉で最強に ①〜②
著：ailes／イラスト：藻
思い描いた魔術を作れる、最強魔術師のリスタートファンタジー！

マジック・メイカー ①〜②
－異世界魔法の作り方－
著：鏑木カヅキ／イラスト：転
魔法がないなら作るまで。目指すは異世界魔法のパイオニア!!

【健康】チートでダメージ無効の俺、辺境を開拓しながらのんびりスローライフする ①
著：坂東太郎／イラスト：鉄人桃子
元ニート、チートスキルで【健康】になる！

砂漠だらけの世界で、おっさんが電子マネーで無双する ①〜②
著：Y・A／イラスト：ダイエクスト
倒した砂獣が即電子マネー化！ 砂漠の僻地で快適通販生活!!

引きこもり賢者、一念発起のスローライフ 聖竜の力でらくらく魔境開拓！ ①〜②
著：みなかみしょう／イラスト：riritto
引きこもり賢者、規格外の力で快適のんびり魔境暮らし！

転生少女はまず一歩からはじめたい ①
著：カヤ／イラスト：那流
家の周りが魔物だらけ……。転生した少女は家から出たい！

セミリタイアした冒険者はのんびり暮らしたい ①
著：久櫛縁／イラスト：市丸きすけ
冒険者をセミリタイアして第二の人生をエンジョイ!?

ほのぼの異世界転生デイズ ①
〜レベルカンスト、アイテム持ち越し！ 私は最強幼女です〜
著：しっぽタヌキ／イラスト：わたあめ
転生した最強幼女に、すべておまかせあれ！

異世界帰りのパラディンは、最強の除霊師となる ①
著：Y・A／イラスト：緒方剛志
チラシの裏に書いた御札で悪霊退散！

雷帝の軌跡 ①
〜俺だけ使える【雷魔術】で異世界最強に！〜
著：平成オワリ／イラスト：まろ
手にしたのは世界唯一の【雷魔術】！ 異世界で少年は最強へ至る!!